遺跡探偵・不結論馬の証明
世界七不思議は甦る

蒼井 碧

宝島社
文庫

宝島社

遺跡探偵・不結論馬の証明　世界七不思議は甦る

目次

遺跡探偵・不結論馬の証明
世界七不思議は甦る

第一章

巌竜洞の殺人

1

衝動に突き動かされ、不結論馬《ふゆいろんま》は北に向かった。

見知らぬ土地へ、気の向くままに。等身大の自分で飛び込んでみたくなる。時折駆られる発作のようなものだった。

今回は東北にまで足を延ばすことにしていた。思い付きのような旅なので、目的地や宿泊先を決めるのは大抵、出かける前日か前々日になる。

直前割で安くなっている宿を検索していると、ちょうど一軒、良さげなところが見つかった。気の変わらないうちにと予約を入れたのが、つい昨日のことだった。

地元の奈良を離れ、東海道新幹線で東京駅へ。そのまま東北新幹線に乗り換えて、列車に揺られること約二時間半、一ノ関《いちのせき》駅に到着する。

一ノ関駅は宮城県の気仙沼《けせんぬま》駅までを結ぶ大船渡《おおふなと》線の発着駅となっている。

大船渡線の電車に乗り込み、五駅目の猊鼻渓《げいびけい》駅に降り立った論馬は、頭上を覆う曇り空と同じくらいに澱《よど》み、濁った色の目で瞬《まばた》きをした。

岩手県の南に位置する、一関市東山町《いちのせきしひがしやまちょう》。

時刻は午後一時を回ったかというところ。天候が優れないせいか、駅前通りは冷たく澄んだ外気にひっそりと包まれていた。

町を南北に分断している国道に出て、少し進んだ先で左折すると閑静な住宅街に入る。そのまま道なりに歩いていくと、まもなく一軒の民宿が見えてきた。

家屋の前に立って仰ぎ見れば、灰色の煙突から吐き出された白煙が、さながら胴体をくねらせて昇天していく龍蛇《りゅうだ》のごとく、右へ左へとゆらめき、宙を乱舞していた。

宿の正面に立った論馬の目はまず、周囲の建物から頭一つ抜けた格式を感じさせる木造の母屋《おもや》を捉えた。

平入《ひらい》りの切妻《きりづま》屋根はくすんだ暗褐色の瓦葺《かわらぶき》になっていて、その軒下には『月桂館《げっけいかん》』と楷書体で書かれた看板があり、縁を木彫りの龍が飾っている。

裏手からは渡り廊下が延びており、離れに繋《つな》がっているようだった。

渡り廊下の両脇には、目を見張るほどではないが、ほどよく手入れの行き届いた庭園が広がっている。昔懐かしい町家の佇《たたず》まいは、見覚えがなくとも、無意識のうちに見る者の心を和ませる。

玄関を潜《くぐ》って三和土《たたき》に上がると、つんとした黴臭《かびくさ》い匂いが鼻を突いた。

節電のためか、豪奢《ごうしゃ》な外観に反し、中は薄暗い。旅行客の姿もまばらだった。

前日予約にもかかわらず部屋を取ることができた経緯から察するに、決して繁昌《はんじょう》はしていないのだろうと勝手に推測する。

さっさと受付を済ませようと、論馬はキャリーバッグを引いて館内へと足を踏み入れた。

「ごめんください」

フロントで所在なげに座っていた高齢の女性に話しかければ、怪訝《けげん》な表情で、

「ご宿泊の方ですかね？」と問われる。

「二泊で予約させていただいた不結論馬です」

「少しお待ちを」

女性は帳簿を捲《めく》る素振りをしながら、ちらちらとこちらを盗み見てくる。

「……あの、何か？」

「お兄さん、随分お若いみたいだけど、一人かね」

「ええ、高校生の気ままな一人旅です」

何やらもごもご口を動かしている。耳を澄ましてみれば、「まだ若いのにもったいない」やら「片付けるのが大変だ」などと呟《つぶや》いていた。どうやら自殺志願者だと思われているらしい。

それでも論馬が憤ることはない。彼にとっては恒例のお出迎えだったからだ。悲しいことに論馬の目は生まれながらにして死んでいる。

当然のごとく良い思い出などない。

五歳だったか七歳だったか、あまりに目に生気がないため、悪戯《いたずら》心を起こした両親が等身大の人形を両脇に置いて七五三の写真を撮ったことがある。色白で目に生気のない論馬は、実物の日本人形を横にしてもまったく見劣りしていなかった。

知人に写真を見せて、どれが論馬なのか当てる遊びが、本人の与《あずか》り知らぬところでずっと続いていたらしい。出るところに出れば、きっと児童虐待として問題になっていたことだろう。

何にせよ、旅先の方々で自殺志願者だと警戒されるのには閉口する。宿泊先で朝食の時間に顔を出すと、旅館側の人間はみな、いっせいに安堵《あんど》したような表情を浮かべるのだ。気持ちは分かるが、せめて気付かれない努力をしてほしい。

論馬はわざとらしく咳払《せきばら》いをした。が、古希は過ぎているだろう女性は自分の独り言など聞かれてはいないと思っているようだった。「こちらにご記入を」と、悪びれる素振りもなく受付用紙を差し出してくる。

ペンを走らせている間、論馬はずっと彼女の視線を感じていた。

高校生の男子が一人、辺境の地にふらりとやってきているのだ。珍しく思われるのは致し方ない。

とはいえ、こちらは曲がりなりにも客である。この老婆は接客というものをもう一度最初から学び直すべきではないかと、老婆心ながらに思う。

「お願いします」

用紙を預けると、返す手で部屋の鍵を手渡される。

聞くと、部屋は離れの一室にあるらしかった。

礼を言って立ち去った後も、背中を追いかけてくる興味本位の視線が感じられた。

今回も居心地の悪い滞在になりそうだ。

これまでも向かう先々で奇異の目に晒《さら》されてきたが、そもそも高校生の一人滞在を受け入れてくれる旅館はそう多くないため、我慢するしかないというのが正直なところだった。毎度宿泊先ではこんな目に遭うが、それを差し引いても旅で得られる歓びは大きい。

部屋に入った論馬は長旅の疲れもあったので、そのまま床に仰向《あおむ》けになった。これからどうする。のんびり風呂にでも入るか、少し周辺を歩いてみるか。横になりながら部屋の中を窺《うかが》ってみる。

六畳一間の畳敷き。決して広いとは言えないが、特段狭くもない。中庸を良しとする日本の民家の伝統に沿った、落ち着きのある客間だった。

部屋の中央には、二つの小さな座布団に挟まれるようにして、丸机がぽつりと置かれていた。襖《ふすま》越しの窓からは霞《かすみ》がかった山間《やまあい》の景色が一望できる。

「さて、と」

寝転がったまま、机の上に置かれた宿泊案内の冊子を開く。

冊子の中には近隣のおすすめスポットやグルメ情報が載せられていることが多い。中にはネットには出てこない隠れた名スポットの情報が載っていることもあり、論馬の貴重な情報源となる。連れも当てもない、気分次第の旅だからこその醍醐味《だいごみ》だ。

冊子を漁《あさ》っていると一枚の折り込みちらしに目を奪われた。ちらしの一面を飾るのは、深い青色の光に照らされている鍾乳洞《しょうにゅうどう》の内部のようだった。

岩手は国内きっての鍾乳洞の宝庫でもあるらしい。

ここ東山町にも「幽玄洞《ゆうげんどう》」という日本最古とも称される鍾乳洞があり、もっと北に行くと日本三大鍾乳洞の一つにも数えられている「龍泉洞《りゅうせんどう》」という洞窟が下閉伊《しもへい》郡の岩泉《いわいずみ》町にあると紹介されている。

この旅館の近くにも一つ、あまり知られてはいないが「巌竜洞《がんりゅうどう》」という鍾乳洞があるそうで、観光客向けに一部のエリアが公開されているとのことだった。

小一時間ほど狭い部屋の中で寝返りを繰り返していた論馬は、ようやく意を決し、体を起こした。

軽く身支度を整え、旅館を出ようとしたところで、さきの女性と鉢合わせる。

「あら、どちらへ?」

「この近くにあるという巌竜洞です」

「それは良いですねえ」と、しきりに頷《うなず》きながら、

「町中を流れている砂鉄《さてつ》川の支流に沿って、上流に向かって歩いて行ってくださいな。途中、青文字で『巌竜洞』と書いてある大きな立て看板があります。迷うことはないでしょう」

「この辺り、水場がやけに多いと思っていましたが……。その巌竜洞から水を引いているのですか？」

「巌竜洞からの湧水が流れ込んどります。昔は巌竜洞から溢《あふ》れた水を三本の堰《せき》で引いて、真ん中を飲み水にしていたそうでな。巌竜洞は『湧窟《わっくつ》』という湧水の出口としても有名だったそうですわ。それに巌竜洞にはこんな話もありまして」

　女性は声を潜めると、

「平安の頃、この辺り一帯は奥州藤原《おうしゅうふじわら》氏が治めていたんだがね、四代の泰衡《やすひら》公の時代に源頼朝《みなもとのよりとも》が率いる軍勢に攻め滅ぼされちまった。その時、戦から逃げ延びた兵の一団がおったそうでな。何とか巌竜洞に隠れたまでは良かったが、とうとう敵に追い詰められて、最期《さいご》は自ら自分の首を切り落としたんだと」

「いわくつきの鍾乳洞ですか」

「それからというもの、首のない鎧《よろい》姿の男が、鍾乳洞の中を夜な夜なさまよい続けているって話だ。何でも鍾乳洞に迷い込んだ人間を見つけては、寂しさ故かそれとも復《ふく》讐《しゅう》か、自分と同じ姿にするために首を狩っているそうな」

「はあ……」

論馬の口からは気のない声が漏れた。本人を前にしては言いにくいが、どうにもありがちな話だったので驚くところもなければ、ましてや怖がるところもない。

「本当なら面白いんですがね」

論馬が肩を竦《すく》めていると、その場を通りがかった別の女性が声を掛けてきた。

「あら女将《おかみ》さん、またその話をされていたんですか」

怪談を聞かせてきた女性は、どうやらこの宿の女将だったらしい。

「またとは？」

「いつものことなんです。女将さんはこの怪談が大好きで、誰彼構わず語り聞かせているんですよ。昨日からお泊まりの団体さんにも呆《あき》れられていましたねえ」

「だけど女の子の一人はすごく怖がっていたよ」

思い出し笑いをしている女将に、論馬は片手を差し出した。

「すみません、懐中電灯を一つお借りできませんか」

「構いませんがね、鍾乳洞の中は明かりで照らされとりますよ」

「念のためです」

論馬は受け取った片手サイズの懐中電灯を軽く振ってみる。

女将は、にまあっとした笑みで彼を送り出した。

「どうぞごゆっくり。くれぐれも首なしの落ち武者にはお気を付けくださいまし」

2

宿を出た論馬は、何が首なしの落ち武者だと鼻白む。

――あの婆《ばあ》さんの方がよっぽど不気味だったな。

そんな失礼なことを考えつつ、論馬は女将に言われた通り、川沿いを歩いて行った。

部屋で寝転がっているうちに、いくらか天気が回復していたようだ。雲の切れ間からは柔らかな日差しが町中に降り注いでいる。水面に反射する陽光は琥珀《こはく》のような輝きを放ち、晩冬の秘境に美しく映えていた。

やがて眼前には平坦な山並みが、そしてその麓《ふもと》に旅籠《はたご》屋のような家屋が見えてくる。

恐らく土産物屋《みやげ》か休憩所、もしくはお食事処《どころ》だろう。

家屋は一つではなく、敷地内の橋を渡った先にもう一棟あるようだった。

女将の言っていた『巌竜洞』と記された看板は確かに目立っていた。が、論馬の目は看板の横に架かっている石橋に釘《くぎ》付けになっていた。

正確には石橋の欄干にだ。巌竜洞橋と銘打たれた石橋の、片側の欄干には小さな龍の像が飾られていた。

荒波から首を突き出しているような龍の像。かっと見開いた両目で前を見据え、牙《きば》を剝《む》いた大口からは無音の咆哮《ほうこう》を轟《とどろ》かせている。

龍の眼光から逃げるようにして、足早に橋を渡った論馬は発券所の売り子から入場券を受け取った。巌竜洞への入口は、橋を渡った目と鼻の先にある。

入口からは長蛇とはいかないまでも、そこそこの人だかりができていた。

列の最後尾に並んだ論馬は、法被《はっぴ》を羽織った、案内係と思《おぼ》しき男性に話しかけてみる。

「盛況ですね」

「ええ、おかげさまで」

初老の男は嬉《うれ》しそうに頷いた。

「この巌竜洞は古くからあった鍾乳洞ですが、入洞できる施設にするための工事を進め、竣工《しゅんこう》したのはつい最近のことなんです」

「一般客向けに開放するようになったのには何かきっかけが？」

「一番の理由はこの辺りが観光地として人気になったからでしょうね。平泉町《ひらいずみ》にある世界遺産を見に訪れた人が、ついでに巌竜洞まで足を延ばしてくれるんです」

「世界遺産というと平泉の浄土式庭園ですか」

八世紀以降、日本では「死後に仏国土（浄土）に行くことで成仏できる」という浄土思想が流行していた。

死後の世界である浄土を、自然の地形と、寺院や庭園設定などの空間造形を活かし、この世に再現することを目指して造られたのが浄土式庭園である。

平泉には、かの有名な中尊寺金色堂《ちゅうそんじこんじきどう》をはじめとする遺跡群が遺《のこ》されており、その規模と希少性が認められ、ユネスコが指定する世界遺産にも登録されている。観光地として人気を博すためにこれほどのお墨付きはないだろう。

「この辺りはどんどん人も減っていますからね。地元の皆も喜んで応援してくれています」

周辺の宿泊施設も積極的に宣伝してくれているらしい。論馬もすっかり宣伝に乗せられたことになるが、悪い気はしなかった。

「おっと、順番が来たようですね。どうぞ楽しんできてください」

男性に送り出された論馬は、入口で安全帽を受け取り、目深に被《かぶ》った。見た目の印象よりも軽いヘルメットだった。

赤と青の幟《のぼり》が交互に立ち並ぶ横を抜け、金文字で『巌竜洞』と掲げられた入口を潜る。

鍾乳洞に入るのはこれが初めての経験だった。わけもなく緊張する。

灰色の岩肌にぽっかりと空いた黒渦を正面に捉えた論馬は、一瞬、獣の唸《うな》り声のような音を耳にした。

その正体が岩穴から漏れてくる風の音だとすぐに気付けたものの、未知の世界を前にして神経質になっていることを自覚する。入口からこんな調子では、中に入って楽しむことなんてできないかもしれない。

しかし洞窟に足を踏み入れた途端、論馬の憂いは一切合切吹き飛んでしまった。

そこは大自然が生み出す天然の迷宮だった。

石壁に挟まれた木道は、横幅にしてぎりぎり大人二人分。すれ違うにも肩が触れるほどに狭い。押し潰《つぶ》されるような圧迫感に無意識に頭が下がり、前屈《かが》みになってしまう。

紫水晶の要塞、景色をそう錯覚させるのは、光という魔術の為《な》せる業だ。緻密《ちみつ》な計算の上に配置された洞窟内の照明が、交差し、溶け合い、白壁を染め上げている。

芸術として表現するなら、自然が描いたストリートアートとでも形容できるだろうか。赤、青、緑、紫、黄、橙《だいだい》、エメラルドグリーン。画用紙を彩る顔料の群生。論馬は息を呑《の》んだままその幻想的な風景に見惚《みと》れていた。

——おっと。

背後に立っていた観光客の咳払いで論馬は我に返る。入口付近はとにかく道幅が狭い。ぼんやり立ち止まっていては後がつかえるのは当然の道理だ。

洞窟内は水気が多く、水滴が地を穿《うが》つ音がひっきりなしに鳴り響いている。論馬は足を滑らせないように注意しながら、終わりの見えない洞窟の奥へと向かう。

道中には、発光している解説板が要所に置かれており、深い青色の光を暗がりに浮かび上がらせていた。

ここは地底湖、生命の源泉。論馬は深く息を吸い込みつつ、説明書きを目で追いかけていく。

長い年月をかけ、雨水が石灰岩を溶かしていく過程で形成される洞窟が、鍾乳洞と呼ばれる。

地面に染み込んだ雨水は、腐食した植物からできた土の層を通り抜ける。その際、雨水に二酸化炭素が溶け出し、酸性の水と化す。酸性になった地下水は石灰岩に染み込み、石灰分を溶かしていく。

地下水は含んでいる酸の濃度分だけしか石灰分を溶かすことができない。

洞窟内の空気に触れると、水の表面から空気中に二酸化炭素が逃げ出してしまうため、岩の隙間《すきま》から雫《しずく》となって滲《にじ》み出た地下水は必然的に二酸化炭素を失い、酸の濃度が薄くなる。

その結果、酸の濃度分だけ地下水に溶け出していた石灰分は、酸が薄くなることで溶けていられなくなり、やがて雫の縁に固まって積もる。これが鍾乳石となる。

雫が二酸化炭素を失うたびに、石灰分が積もり、鍾乳石が大きくなっていくのだが、雫となった地下水は洞窟の中で、落ちたり、流れたり、溜《た》まったりとさまざまな動きを見せる。

こうした多彩な動きに沿って、石灰岩もまた、多種多様な形に模《かたど》られていくというわけだ。

洞窟の天井には、真っ直《す》ぐに落ちる雫が作った『つらら石』が。天井を伝って流れ落ちる雫はひだのような『カーテン』を作り、壁を伝って流れ落ちる雫は『ながれ石』となる。

つらら石から滴り落ちた雫にも石灰分が溶け出しているので、やがて地面にも『石《せき》筍《じゅん》』という、その名の通り筍《たけのこ》のような鍾乳石が形成される。石筍は一センチ伸びるのに、実に二百から三百年近い年月を要するという。

天井からはつらら石、その真下には石筍。両者は互いに独立して成長していき、いつしかそれぞれの先端が結合して、一本の柱となることがある。これが『石柱』、洞窟内の天地を繋ぐ、自然が作り上げた石灰の塔だ。石柱の数は鍾乳洞の歴史の長さとも浅からぬ関係にある。

世界でも日本が有数の鍾乳洞大国であるのは、石灰岩地帯が特に多いことに起因し、さらに辿《たど》っていくと、遥《はる》か昔、日本が海の底にあったことにまで遡《さかのぼ》る。

石灰岩は、海の生物の死骸が何万年も掛けて積もっていき、その重みで縮むことで、鉱物へと変化して生成される。

気の遠くなるような年月を経て生成された石灰岩が、さらに長い時間を掛けて溶かされ、ようやく辿り着いた姿が鍾乳洞なのだ。自然の狂気ともいうべき産物がそこにある。

すっかり感傷に浸っていた論馬は、そこでようやく気付いた。

「……しまった」

いつの間にか、周囲から人の気配がなくなっており、道標《みちしるべ》代わりの解説板も見当たらなくなっている。

どうやら正規のルートから外れて立入禁止区域に踏み入ってしまい、そのまま巌竜洞の支洞の奥へ奥へと進んでしまっていたらしい。

順当に進んでいれば迷うはずがないのだが、論馬は度を越した方向音痴でもあった。

過去にも福島の美術館を訪れた際、地図アプリが示す通りに歩いていたはずが、ホラーゲームに出てくるような無人の集落に迷い込んだことがある。これで旅好きを自称しているのだから始末に負えない。

懐中電灯を握った手に力を籠《こ》める。念のため借りてきて良かったと論馬は心底ほっとした。

とはいえ、明かりは鍾乳洞を切り裂くように奔《はし》る光線だけだ。足元が見えにくいので、罠《わな》のように地面から生えている石筍に何度も躓《つまず》き、転びそうになる。

前にも後ろにも、水気を帯びた白壁が延々と続いている。

もうどれだけ歩いただろう。時間の感覚はとっくに薄れていた。

腕時計に目を落とすと、時刻は午後五時十一分を指している。

かれこれ二時間以上歩き続けていたらしい。ひとたび時間の重みに立ち返ってしまえば、体は逆らえない。今更ながらに疲労と倦怠《けんたい》感が襲ってくる。どうしようもなく寒かった。

疲れは焦りを招き、焦りは不注意を招く。

よろけた拍子に、鍾乳石に足を取られ、論馬はそのまま地面に突っ伏した。手から懐中電灯が投げ出され、一瞬にしてその場から光が奪われた。起き上がって探しに行こうとしたが身体《からだ》が思うように動かない。

気力を奮い立たせ、論馬は再び立ち上がったが現実は非情だった。

一歩踏み出した論馬は次の瞬間、宙に投げ出されたような感覚に見舞われる。

足を踏み外した。

冷静な思考が働いたのはそれまでだった。

論馬は坂のようになった地面を転がりながら、下へ下へと落ちていく。

体中をしたたかに打ち付けた挙句、滑り台から放り出されるようにして、論馬は固い地面の上に突っ伏した。

痛みを訴える箇所に手をやれば、ぬめっとした感触が指先から伝わってくる。

それが自分の血だと気付いた直後、論馬の意識はゆっくりと途絶えていった。

――こんなところで野垂れ死ぬのか。

漠然と死を予感した途端、恐怖よりも怒りが込み上げてくる。が、今度ばかりは立ち上がれそうもない。

耳に届いていた水滴の音も次第に小さくなり、やがてすべての音が遮断された。

3

今際《いまわ》の際、臨終を告げにやってくる存在を死神と呼ぶらしい。

そこまでは知っていたが、まさかそいつが身内の顔をしているとまでは考えが及ばなかった。

故に、こちらを覗《のぞ》き込んでいた死神が口を利いた際には、驚愕《きょうがく》のあまり、本当に魂を持っていかれるかと思った。

「誰が死神だ」

「あ、兄貴……？」

勢いよく半身を起こした論馬は「痛っ」と呻《うめ》いて頭を押さえた。側頭部を覆うようにして、綺麗《きれい》に包帯が巻かれている。

「ここは……」

周囲を見回してみた。どうやら論馬が泊まっている宿の布団に寝かされていたらしい。

「まだ動かない方がいい。頭の傷こそ浅かったが、転倒した拍子にあばらを何本かやったらしい。折れた骨が肺に刺さっているそうだ」

「ち、致命傷じゃないか」

「冗談だ。そんな大怪我《おおけが》ならとっくに病院に送られている」

「この……」

面白くもない冗談に苛立《いらだ》つ論馬を、眼鏡《めがね》の奥の瞳がまじまじと観察していた。

目の前の男、不結秀一《しゅういち》は論馬と血が繋がっていない義兄である。

論馬がまだ幼い頃、実の両親が離婚し、彼は父親に引き取られることになった。それから少しして父は再婚したのだが、新しい母親には連れ子がいた。

それが秀一であり、突然ひと回り以上も年の離れた兄ができた論馬は、大層困惑した。

困惑したまま時が流れ、思春期真っただ中の十七歳と、寡黙な三十路《みそじ》の義兄との間には、依然として気まずい空気が漂っている。

論馬にとって秀一は近寄りがたい存在であり、兄弟仲は正直それほど良くはない。そもそも年齢にかかわらず、秀一には他人を寄せ付けないような気難しい一面があったとも思う。

今は東京の大学で教職に就いており、こんな場所に現れるはずがないのだが、いったいどういう運命の悪戯なのか。

秀一は「それだけ元気なら大丈夫だろう」と腕を組んだ。

「私もこの展開は予想していなかった。まさかお前とこんな場所で顔を合わせることになるとはな。それも死にかけの状態で」

「一応聞いておくけど、兄貴が助けてくれたんだよな」

「いや、実際にお前を見つけたのは私ではない。それより、どうしてあんな場所にいたんだ」

「別に大した理由じゃない。たまには一人旅もいいかと思ってね」

「いつもの放浪癖か……。父さんと母さんにはちゃんと話しているんだろうな？」

「まあね」

論馬は咄嗟《とっさ》に嘘《うそ》を吐《つ》いた。実のところ両親には友人宅に泊まると言っていた。本当のことを告げたら余計な小言を聞かされる羽目になる。

その時、突然表が騒がしくなったかと思うと、部屋の襖が開かれ、見知らぬ男女の集団が一列になって部屋の中へと入ってきた。

「こ、今度は何？」

「おう。生きてたか」

先頭に立っていた大男が論馬を見下ろしながら、

「俺は井荻十一《いおぎじゅういち》。元気そうで何よりだ」

そこで論馬は、自分を取り囲んでいる人間たちの異様さに気付いた。

「あの、どうして一人残らず迷彩服を着ているんです」

カーキ色の布地に、薄茶色や緑色の柄がまだら模様を描いているジャケットは、紛れもなく、野戦に臨まんとする兵士の格好だった。

オールバックにした短髪と屈強な肩幅、剃《そ》り残したあごひげが目立つ井荻には、これ以上にないくらい似合っている。

気になったのは迷彩服集団の中に、女性も混じっていたことだった。服装のせいで初見では分からなかったが、よく見ると荒事にはおよそ似つかわしくない、華奢《きゃしゃ》な体《たい》躯《く》をした女性が混ざっている。

じっと見つめていると女性は怯《おび》え切った声で、

「ひぃ、どうしてそんな目で睨《にら》んでくるんですか……」

「い、いや。別にそんなつもりじゃ」

女は怯えるようにして、井荻と名乗った大男の背後に隠れてしまった。やはり論馬の死んだ目は不評のようだ。

せいぜい目を見張ったぐらいの感覚だったが、そんなに恐ろしい形相をしていたのだろうか。その証拠に、

「どうした論馬、今日はいつも以上に荒《すさ》んでいるな」

秀一にまで心配される始末だった。論馬は息を整えると、

「俺はどのくらい眠っていたんだ」

「半日ってところかな。お前が宿に運び込まれたのが午後六時頃だった。もう昨日の話になるが」

そう言って秀一は窓を指差した。論馬はいつの間にか夜が明けていたことを知る。

生きて朝陽《あさひ》を拝めることに感謝したのは、生まれてこの方これが初めてだ。論馬は

部屋の中に視線を戻すと、

「それで、俺を囲んでいるこの人たちは？」

秀一は「話すと長くなるが」と考えあぐねていたが、

「私は自分のゼミで二十人ほどの学生を教えているんだが、その中の数人が集まってサークルを設立していてね」

「じゃあ兄貴はその引率なのか」

「そうではない」

秀一は首を横に振った。いつも眉間にしわを寄せ、不機嫌そうな顔をしているので、表情からは感情を読み取りにくい。

「私は論文のための取材に訪れただけだ」

「論文？」

「ああ。中尊寺をはじめとした、平泉にある寺院や遺跡群を調べている」

「遺跡って、あんたの専門は確か」

「東西交流史だな」

秀一は、東洋史における将来の世界的権威とまで言われている傑物だ。

とりわけ東アジアと西洋諸国との交流史への造詣が深く、彼の発見によって明るみに出された歴史上の謎も、一つや二つに収まらない。

身内贔屓《びいき》ではないが、一目置かれる存在であることに間違いはないだろう。

「平泉と東西交流史が絡んでいるようには思えないけど」

「だから話せば長くなると言った」

秀一は億劫《おっくう》そうに眼鏡の位置を正すと、

「今は関係のない話だ。私がここにいるのは、彼らと目的地が同じだっただけ、それ以上でも以下でもない」

すると後ろから井荻が補足を加える。

「東京からは一緒に来たんだが、不結先生は初日からこの旅館に泊まることになっていて、俺たちは昨日まで近くのキャンプ場でテントを張っていたんだ。ところが、強風でテントが吹っ飛び、空の彼方《かなた》へと消えちまった。キャンプ場の貸し出し用テントも在庫切れとくれば、ここ以外に頼るところがなくてね。で、せっかく同じ宿に泊まっているんだからと、鍾乳洞巡りに無理やり誘ったのさ」

——兄貴もここに泊まっていたのか。

兄弟あるあるではないが、実はこれまでにも行く先々でばったり出くわすことは何度かあった。しかし今回の邂逅《かいこう》はさすがに予想外に過ぎる。

「ま、これも何かの縁だし、簡単に自己紹介だけさせてもらおうか」

井荻は親指で後ろを示すと、

「俺の背後に隠れているのが、一之瀬杏《いちのせあんず》。四月から二回生になるうちの若手だ」

「よ、よろしくお願いします」

ぺこりとお辞儀を返す一之瀬に、論馬は強烈な違和感を抱いた。病院の窓辺で静かに読書を嗜《たしな》んでいそうな外見に、泥臭い柄の迷彩服が絶望的に不釣り合いだ。

二人の後ろにはもう一人、迷彩服集団のしんがりが待機していた。坊主頭の小柄な男で、神経質そうに眼鏡を擦《こす》っている。

「自分は三回生の疋田目甲申《ひきためこうしん》です。不結先生にはいつもお世話になっています。短い間でしょうが、どうぞお見知りおきを」

そう言って論馬に儀礼的に片手を差し出してくる。「こちらこそ」と、手を握ろうとしたが、さっと腕を引かれた。清々《すがすが》しいまでに儀礼的だった。

「御三方は大学サークルのお仲間とのことですが」

論馬が尋ねると、疋田目が肯定する。

「はい。自分たちはアウトドア同好会の会員なのですよ」

「そんでもって俺が会長だ。これでも年長者なんでね」

胸を張る井荻に、見れば分かります、とはさすがに言えない。上品に言い表すと貫《かん》禄《ろく》があるとなり、悪意ある言い方なら老けているとなるだろう。

「アウトドアにもいろいろありますけど、皆さんは何を？」

「うちのサークルはジャンルにこだわらないのが売りでね。キャンプにケイビング、シュノーケルにラフティング、山だろうが海だろうが川だろうが何でもござれだ」

「そのほかだとサバイバルゲームも結構やってますよね」

一之瀬の言葉に論馬が反応する。

「サバゲーですか」

「おっ、知ってるのか」

「聞いたことはありますけど、プレイヤーにお会いするのはこれが初めてです」

論馬はおぼろげな記憶を探る。

サバイバルゲーム。確かエアガンなどを用いた模擬戦のことだったはずだ。実害の出ない、歩兵戦の縮図と言い換えてもいいだろう。

「井荻会長は生粋のサバゲーマーなんですよ」

呟き込みながら一之瀬が答える。

「サバゲーのやりすぎで二回留年しているそうです。しかも、仕送りをガンショップで散財してしまったとか」

道理で老けているわけだ。論馬は呆れてものも言えない。

今は昔、親は愛する我が子を泣く泣く死地へと送り出していたと聞くが、このご時世になってなお、戦場に赴く息子に泣かされるとは思ってもみなかっただろう。銃器をかじる前に、彼はまず親の脛《すね》をかじるのを止《や》めるべきである。

「よせよ杏ちゃん。照れるだろ」

井荻は論馬の冷ややかな視線に気付くことなく頭を掻《か》いている。

「まあ経験だけなら誰にも負けない自信はある。あんたの怪我だって俺が手当てしたんだぜ」

無骨な腕に自分の身体がまさぐられている光景を思い描いてしまい、後悔する。

とはいえ、彼らのお陰で命を救われたのも事実である。論馬は改めてサークルの面々に礼を言った。

「助けていただいてありがとうございました。えっと、サークルの会員はここにいる皆さんだけですか？」

「あー、それがなあ」

能天気な井荻が初めて口籠《くちご》もった。

「実はもう二人いるんだが、しばらく前から音信不通になってるんだ」

「どういう意味です？」

「私から話そう」

秀一が論馬の枕元に座った。

「昨日、私たちが巌竜洞に入洞したのは終業直前で、最後の組だった。その際、私たちは二つのグループに分かれていた」

「もしかして、ここにいる人たちが俺を助けてくれたグループで、もう一つのグループが行方《ゆくえ》不明になっているのか？」

「驚いた、珍しく冴《さ》えているじゃないか。頭でも打ったのか」

「ご覧の通りだよ」

論馬が頭に巻かれた包帯を指差すと、秀一は「冗談に付き合っている暇はない」と鼻を鳴らした。先に絡んできたのはそっちだろうに。

「もう一つのグループは男女の二人組だった。岡島三枝《おかじまみつえ》と飛沼伍平《とびぬまごへい》、二人とも三回生だ」

「その二人は別行動だったのか」

「ああ、入口付近で別れた。ちなみに二人は交際関係にある」

「カップルか」

論馬は遠慮がちに訊《き》いた。

「下世話な話、二人きりでよろしくやっているって可能性はないのか？」

「そうだとして、まったく連絡を寄越《よこ》さないというのはおかしいだろう」

「じゃあ俺みたいに不慮の事故に巻き込まれたってことも……」

「あり得るな」と井荻が答えた。

「もしくは片方がはぐれてしまったのかもしれん。特に岡島は超が付くほどの怖がりだからなあ。余計に心配だ」

「昨日もこの宿の女将に怪談を披露されて震え上がっていましたからね」と疋田目も

同調する。

それを聞いた論馬は居ても立っても居られなくなった。

薄ら寒く、暗然とした鍾乳洞の中で、誰からの救助も望めないまま半日近くも閉じ込められる。その恐怖と孤独を身に染みて理解しているからこそ、これが他人事《ひとごと》とは思えない。

「巌竜洞の管理者に連絡はしたのか？」

「一組の男女が遭難しているかもしれないと、昨夜に連絡を入れた。二次災害の可能性もあるのでこちらで捜索してみると言っていたが、任せきりにするわけにもいかない。私たちもこれから巌竜洞に向かうつもりでいる。論馬、お前はここでおとなしくしていろ」

そう諭してくる秀一に、

「行かせてくれ。まだ本調子じゃないが、動けるくらいには回復した」

まだ体の節々に鈍痛が残っていたが、根を詰めれば我慢できる範囲ではあった。

自分と同じ境遇に陥っている人たちがいるかもしれない。それを知ってしまったからには見過ごすことはできなかった。

頑として引く気はないという姿勢を見せた論馬に、秀一は根負けしたように、

「……まあ、人手は多い方がいいか」

苦い顔で頷くと、井荻たちと一緒に部屋を出ていった。

一人残された論馬は仰向けになると、大きな溜息《ためいき》と共に天井を仰いだ。

4

三十分後、論馬は再び巌竜洞へと向かった。

最初に訪れた時にも目にしていたが、橋を渡った先にある旅籠屋風の建物が巌竜洞の管理棟だったらしい。

管理棟に入ると、待ち構えていたような慌ただしさで奥の方から一人の男性が姿を現した。先頭に立っていた秀一が代表して名乗る。

「昨夜に電話をさせていただいた者です。私は不結秀一、大学で講師をしています」

「お話は伺っております」

水色の作業着に身を包んだ初老の男性は、額を伝う汗を拭きながら答えた。

「喜多川譲《きたがわゆずる》と申します。この巌竜洞を運営している総責任者です」

「──あっ」

論馬は思わず声に出していた。

「確か昨日、巌竜洞の入口でお会いしましたよね」

「もちろん覚えていますよ」

喜多川は人の好《い》い笑顔で頷いたが、すぐに神妙な表情になると、

「昨日は本当に申し訳ございませんでした。そこにいるお兄さんと学生さんたちが、あなたを背負って出てきた時には大層驚きましたよ。あの、お身体はもう大丈夫なのですか」

「大した怪我じゃありませんでした。不幸中の幸いですね」

「……そうですか」

心底安堵した様子の喜多川に、秀一が尋ねる。

「さっそくですが喜多川さん、我々の連れが鍾乳洞の中で遭難している可能性があります。捜索の方はどうなっていますか」

「連絡を受けてすぐに従業員全員を捜索に向かわせました。まだ見つかったという報

告は受けていませんが……」

「私たちも捜索に加わりたいのですが、よろしいでしょうか」

「もちろんです」

喜多川は「案内します」と言って管理棟から出て行き、論馬たちも後に続いた。前を歩く秀一と喜多川が話している声が聞こえてくる。

「捜索が長引くようであれば、一度警察に連絡を入れようと思います」

「分かりました。今日の営業は中止になるでしょうが、そこは致し方ありません」

「お気遣いに感謝します」

そのまま一行は巌竜洞の入口へと辿り着いた。落石に備えるため、全員が安全帽を頭に着用する。

続いて洞窟内に踏み入った瞬間、論馬の肌はぞくりと粟立《あわだ》った。

まったく同じ鍾乳洞でも、巌竜洞を最初に訪れた時とは大きく心境が異なる。すべては光彩の欠如のせいだった。

巌竜洞内の徹底的に計算されたライトアップは洞壁に七色の虹を投影させ、見る者すべてを魅了していた。

しかし、今は捜索のためカラーライトが切られている。人間の手から離れた鍾乳洞は白黒の別天地へと変貌を遂げていた。

滴る水の音と鍾乳石が織り成す岩窟に迷い込んでみれば、巨大な水墨画にその身を投じたような寂寞《せきばく》の想いに囚《とら》われる。

論馬たちが手に持つ懐中電灯からは強烈なＬＥＤの白光が照射され、光に照らされた鍾乳洞の洞壁からは本来有する純白の輝きが否《いや》が応でも引き出される。

闇の中にくっきりと浮かび上がる、白くひだのある洞壁は、さながら生物の内臓のようにも見えた。

論馬たちは淡白な無色のライトによって照らされる洞内を、行方不明になった二人の名前を呼びながら進んでいった。湿った洞内に残響が虚《むな》しくこだまするが、返答はない。

先導する喜多川の話では、正規のルートは既に捜索済みであるらしく、しばらく前から立入禁止区域に踏み入っているとのことだった。

聞くところによれば、合法的に入洞できるのは、ほんの数百メートルに過ぎないらしく、全長となると推定二十キロ以上に及ぶという。国内屈指の長さを誇り、未だ謎に包まれた鍾乳洞が巌竜洞なのだという。

半時間は歩いただろうか、不意に秀一が鋭い声を上げた。

「――待て。妙な匂いがする」

そこで論馬も気付いた。鍾乳洞の奥から支洞へと吹き込んでくる風に乗って、生臭い匂いが鼻を掠《かす》めていく。

集団から抜け出した秀一は、そのまま闇の中へと消えていった。論馬たち五人も慌てて後を追う。

支洞の先はやや開けた空間になっていた。その先に声もなく立ち尽くしている秀一の姿がある。

論馬はゆっくりとその背中に近付いていく。背後から前を覗き込み、思わず手で口を押さえた。

地面に突っ伏すようにして、迷彩柄の服に身を包んだ人間が倒れている。それだけならよかった。遭難者を発見できたと喜ぶところだ。

しかし人の形を禍々《まがまが》しいものへと貶《おとし》めている不穏分子が一つ。

その人物には首がなかった。

「な、何なんだよ、これ……」

腰が抜けた論馬の脳裏には、宿の女将から聞かされた怪談話が思い出されていた。平安時代の騒乱で命を散らした落ち武者の霊が、鍾乳洞に迷い込んだ者の首を狩っている——確かそんな内容だった。

「この周辺に切り離された首はないようだな」

辺りを懐中電灯で照らしながら秀一が言った。

「と、飛沼……」

死体の元に駆け寄った井荻が呆然《ぼうぜん》とその場に崩れ落ちた。どうやら遺体は行方不明になっていた二人のうちの一人、飛沼伍平だったようだ。

疋田目も顔面蒼白《そうはく》のまま棒立ちになっており、一之瀬においては堪《こら》えきれなかったようで、胃の中のものを地面に目一杯ぶちまけていた。

秀一は死体の傍《そば》に腰を屈め、腕や関節に触れながら何かを確かめている。

途中、携帯を取り出したかと思うと、「ここは圏外だな」と独り言のように呟いていた。

「音信が途絶えたのはこのためか。死後硬直がだいぶ進んでいるようだ。死亡推定時刻は昨日にまで遡るだろう」

尻もちをついたまま後ずさりした論馬は、背中に何かをぶつけて小さく悲鳴を上げた。振り返ってみると、その正体は地面から槍《やり》のように突き出ている鍾乳石、石筍であった。

周囲には、高さ数十センチから数メートルのものまで、幾本もの石筍が形成されている。中には身の丈ほどの高さにまで伸びているものもあった。

「……ここにいるのはどうやら一人だけじゃないようだ」

秀一の声に論馬は我に返る。彼が懐中電灯を向けているのは真下に広がっている地底湖だった。

「柵がないから気を付けろ」

秀一の警告を背中越しに聞きながら、論馬は這《は》いつくばるようにして恐る恐る下を覗き込んだ。

——まさか……。

嫌な予感は的中する。

ライトを向けた先で、飛沼と同じく迷彩柄のジャンパーを着た人間が一人、頭に安全帽を被ったまま、両腕をだらりと投げ出した格好で地底湖に沈んでいる。手遅れであることに疑いの余地はなかった。

俯《うつぶ》せになっているため顔は見えないが、恐らく飛沼とともに行方不明になったという岡島三枝だろう。二人とも厚手の迷彩服を着ており、似たような体格をしているため、部外者の論馬にはどちらが飛沼で岡島なのか見分けがつかなかった。

「お、岡島まで……嘘だろ」

「いや、いやです……岡島先輩がこんな――」

一之瀬が絶叫したかと思うと、糸の切れた操り人形のようにふらりと倒れた。あわや地面に激突というところで、疋田目が彼女の服を摑《つか》み、事なきを得る。

「い、一之瀬さん！　しっかりしてください」

疋田目が必死に呼び掛けるが、一之瀬は完全に気を失ってしまったようで、ぴくりとも反応しない。

「不結先生、ど、どうしましょう」

疋田目が縋《すが》るような目を秀一に向ける。

「いったん洞窟を出よう。一之瀬君の介抱が最優先だ」

「二人の遺体は？　このまま放置するんですか」

「心苦しいが、今はどうしようもない。下手に現場に触れてしまえば警察の捜査にも支障が出る」

「そ、それは分かりますが……」疋田目は慌てたように、

「飛沼は首を切り落とされているんですよ。明らかに殺人じゃないですか。犯人がこの近くにいるとしたら証拠を隠滅されてしまう」

「もしかして……」

　井荻が青い顔で呻いた。

「なあ、首を切ったのは岡島なんじゃないのか？」

「お、岡島ですか？」

　疋田目は狼狽《ろうばい》していたが、論馬も井荻の言葉に驚いた。この状況を客観的に見れば、彼女も被害者のように思えるが。

「いや、その……」井荻は気まずそうに口籠っていたが、

「実は飛沼から相談を受けていたんだよ。岡島と別れようかと考えているって」

「そ、そうだったんですか」

疋田目は唖然《あぜん》としている。

「じゃ、じゃあまさか、別れを切り出された岡島が、逆上して飛沼を殺したってことですか」

——心中事件の可能性もあるってことか。

論馬は地底湖に沈んだ岡島の死体を思い浮かべた。恋人の首を抱いたまま自殺を図ったとするなら、飛沼の首は彼女の下にあるのだろうか。

「分からん、あくまで思い付きで言っただけだ。あまり本気にするな」

困惑する井荻に、喜多川が尋ねた。

「も、もしそうだとすると、彼女は首をこの洞窟のどこかに隠して、身を投げたってことですか」

論馬は喜多川に同情した。もしこのまま首が見つからなければ、鍾乳洞の運営にも響くだろう。猟奇的な無理心中事件が起きたなどと噂《うわさ》が立てば、観光客は激減するに違いない。

「ほかの犯人なら、わざわざ首を切る理由もないだろうしなあ……」と井荻が頭を掻く。

それについては論馬も同じ考えだった。

真っ先に頭に浮かんだのは、死体の身元を隠すためだったが、科学捜査が発達した今日、首を隠すだけでは何の隠蔽工作にもならない。

「兄貴はどう思う?」

論馬が秀一の方を振り返ると、

「殺人犯がいるとはまだ言い切れない。事故死、もしくは自然死した遺体を誰かが発見して首を切ったという可能性もある」

彼は目を瞑《つむ》り、岡島の死体に向かって合掌していた。

「教え子を守れなかった責任は私にある。せめてもの償いに、君たちの無念は私が必ず晴らすと約束しよう」

秀一は目を開けると、論馬に向かって言った。

「ここは危険だ。今すぐに鍾乳洞から出る必要がある」

「出るのには大賛成だが、危険ってどういう意味だよ」

論馬は首を傾《かし》げた。この場を離れるのは一之瀬の介抱と現場保存のためではなかったのか。

「説明している暇はない」

「……せめて岡島さんの遺体だけは引き揚げてあげないか」

地底湖に沈む岡島の死体を指差し、論馬が抗議する。

「水死体はそのままにしていると腐敗が酷《ひど》くなるんだろ。女の子には辛《つら》いよ。せめて水の中から出してあげるべきだ」

「俺もそう思います」

井荻が賛同したが、秀一は首を横に振った。

「駄目だ、事態は一刻を争う。亡くなった二人には悪いが、もう少しだけ辛抱してもらおう」

秀一は無慈悲にも言い放った。

「喜多川さん、帰り道の案内を頼めますか」

「わ、分かりました」

事の成り行きを呆然と見守っていた喜多川が、突然名前を呼ばれて驚いたのか、びくりと身を震わせる。

「急いでください」

普段冷静な秀一にしては、どこか焦っているようにも見える。

――もしかして、二人を殺した犯人がまだこの付近にいるのか？

そんな疑惑を抱いたが最後、論馬も早くこの場から立ち去りたい気持ちに駆られる。

さすがに犯人が落ち武者の霊だとは思わないが、現実に飛沼の首を切り落とした人間がいることは歴然とした事実だ。万が一、犯人に出くわしたとして同じ目に遭わないとは限らない。

井荻と疋田目も渋々といったように頷いた。

歩いてきた道を早足に引き返しながらも、秀一の顔には常に緊張の色が窺えた。

論馬は彼の横に並ぶと、

「さっきからどうしたんだよ、何をそんなに急いでいるんだ」

「大きな声では言えないが」

秀一は声を潜めると、

「私たちは今も命の危険に晒されている」

「え、ええっ」

「しっ、大声を出すな」

秀一は警戒心の籠もった目で洞窟内の上から下までをしきりに観察している。

論馬もつられて小声になった。

「や、やっぱり殺人犯がこの近くに潜んでいるのか」

「そうとも言えるが違うとも言える」

「はっ？」

要領を得ない返事に論馬は首を傾げる。

「意味が分からないぞ。犯人が鍾乳洞の中に隠れているかもしれないから、急いでここから脱出しているんじゃなかったのか」

「犯人は既に分かっている」

秀一の発言に論馬は耳を疑った。

「ほ、本当かよ」

「ああ。だが分かったところでどうしようもない。現状で最優先すべきはとにかくこの巌竜洞から脱出すること、それだけだ」

そう言ったきり、秀一は固く口を閉ざしてしまった。

＊

巌竜洞から戻った論馬たちは、すぐさま警察に通報した。

それから十分後、地元の警察署から派遣された警官数名が到着し、一同は事情聴取を受ける。

結果、首切り犯はその場で逮捕されることとなった。

5

事件の解決から遡ること一時間。

県警に通報し、警官の到着を待っている間、論馬は管理棟の窓からぼんやりと外を眺めている秀一の姿を見つけた。

「兄貴」

「論馬か」

秀一は疲れたように瞬きをすると、

「聞きたいことは分かっている。飛沼君と岡島君がなぜ命を落としたのか、それを知りたいんだろう？」

「ひとまず巌竜洞からは出たんだ、もう安全なんだろ」

「ここは息が詰まるな。外の空気でも吸いながら話そう」

二人は管理棟を離れ、橋の方へと向かった。

秀一は欄干に寄りかかって空を仰ぎ、論馬は肘《ひじ》をついた体勢で下を流れる川を眺める。

重苦しい沈黙の後、先に口を開いたのは秀一だった。

「お前はどうだ。この不幸な事故の真相について何か思うところはないか？」

「俺が一番気になっているのは飛沼さんの死体かな。どうして首が切り落とされていたのか、そこがはっきりしない」

「なるほど。つまり首を切り落とした理由さえ分かれば、事件の全貌も明らかになる、と」

「兄貴には分かるのかよ」

「そんなに難しい話じゃないさ」秀一は肩を竦めた。

「首を切り離して、それを隠した。考えられる理由は、犯人にとって首の存在が不都合なものだったから、それ以外にないだろう」

「そうか?」

論馬は今一つ納得できなかった。

「偏執的なストーカーが殺人に手を染めて、被害者の首だけ持って帰る、そんな事件が実際にあったような気もするけど」

「その場合、加害者が被害者に恋愛感情を抱いていることになるが、今回はどうだ」

「飛沼さんと岡島さんが交際関係にあったことは聞いている。岡島さんが飛沼さんを殺害して、首を切り落とす。そして腕に首を抱えたまま地底湖に飛び込んで自殺を図った。これは心中事件だったんじゃないか?」

「まさにそれだろうな、犯人が描いた絵は」

「ど、どういう意味だよ」

「この事件の犯人は岡島君にすべての罪をなすり付けるつもりなんだろう。恋人を殺害し首を切った後に自殺したと、そう思わせるための偽装工作だ」

「実際は違うのか」

「私の考えではそうなるな」

「じゃあ犯人が別にいるとして、それはいったい誰なんだよ」

「この事件について、誰、という表現は的確ではないかもしれない。強いて言うならば、殺人犯は巌竜洞だ」

「はあ？」

論馬は秀一の横顔を見上げた。

「訳が分からない。洞窟が人を殺したってのかよ」

「そうだ。それこそが犯人が飛沼君の首を切り落とした理由を示している」

「冗談だろ」

論馬は笑い飛ばそうとしたが、一瞬の閃《ひらめ》きに思考を奪われる。

「まさか、事故だったのか？」

「それがすべてだ」

秀一は小さく頷いた。

「鍾乳洞の中でお前も見ただろう。鍾乳洞の天井には、つらら石と呼ばれる鍾乳石が形成されている。恐らくこれが何かのはずみで天井から落下し、不運にも飛沼君の頭を直撃したのだろう。彼は落石事故で命を落としたんだ」

「でもそれが首切りとどう繋がるんだ？」

「本来であれば、不慮の事故で済んでいたかもしれない。だが」

秀一は管理棟を見据えながら、

「安全帽の耐久性に問題があったとしたらどうなるか」

「——あ」

予想外の方向から飛んできた指摘に、論馬の息が止まった。

鍾乳洞を見学する際には、大抵の場合、安全確保のため全員にヘルメットの着用が義務付けられる。巌竜洞も例外ではなかった。

「事故が起きたとき、飛沼君も安全帽を着用していたはずだ。だがその耐久性は規定値を満たすものではなかったため、落石の衝撃は緩和されず、致命傷となってしまった。さて、その事実が発覚して困るのはいったい誰だろうか」

「……巌竜洞の運営管理側の人間だ」

論馬は頭を抱えて呻いた。

「安全帽の欠陥を隠すために飛沼さんの首は切られた、それが真相か」

「正確には、飛沼君の頭部に残った傷を隠し、落石事故そのものを隠蔽するためだろうな。頭部に傷が残っている以上、安全帽だけ隠すことにさほど意味はない」

「でもどうして欠陥のある製品なんかを……」

「これぱかりは憶測になるが、十中八九、金絡みだろう」

「経費の削減か」

論馬は七色にライトアップされた鍾乳洞の光景を思い出した。

集客力のある演出を維持するには、相応の費用が掛かるだろう。そちらに経費が傾くことはやむを得ないだろうが、だからといって安全管理を疎《おろそ》かにしていい理由にはならない。

「それで命を奪われたんだからな。到底許されることではない」

秀一は冷たく言い放ったが、論馬も同感だった。

「待ってくれ。じゃあ岡島さんの死体はどう説明するんだ」

彼女も落石で死んだのかと訊くと、秀一は首を横に振った。

「岡島君が被っていた安全帽にキズや凹《へこ》みの類は見られなかった」

「そうなると飛沼さんの首を切った犯人が、口封じのために岡島さんを地底湖に突き落としたのか」

「違う。さっきも言ったはずだぞ。これは事故、それがすべてだと」

「どういう意味だよ」

「よく考えてみろ。飛沼君が落石事故に遭ったとき、もし岡島君がその場にいれば、彼女は助けを求めに鍾乳洞から出たはずだ。だが彼女はそうしなかった。いや、できなかったというべきか」

「もしかして、飛沼さんと岡島さんは洞窟内ではぐれていたのか」

「洞窟内を彷徨《さまよ》い歩くうちに、岡島君は飛沼君の死体を発見する。しかし、同時にこの世のものとは思えないほどの恐ろしい光景を目の当たりにしてしまい、すっかり動転してしまった」

「それってまさか」

「ああ。洞内を巡回中だった犯人が飛沼君の死体を見つけ、証拠隠滅のために首を切り落としている、まさにその瞬間だ」

「岡島さんは慌てて逃げ出そうとして足を踏み外し、地底湖に落下したってのか」

「彼女は幽霊の類がまったく駄目だった。お前も月桂館の女将に怪談を聞かされただろう。彼女の怯えぶりといったらなかった。飛沼君の説得なしでは、きっと巌竜洞には来ていなかっただろうな」

「ああ……」

言われてみれば井荻がそんな話をしていたような気がする。

眉唾物の首なし武者の怪談が、まさかこんな悲劇を呼ぶとは夢にも思わなかった。

「でもそんなに都合よく二人が離れ離れになるものかな」

「不思議とは思わんな。そもそも私が巌竜洞の安全管理について疑いを抱いたのは、事件が発覚するよりも前だった」

「ど、どうしてだよ」

「きっかけはお前だ、論馬」

秀一は論馬を指差すと、

「お前の方向音痴のせいで惑わされたが、こうも立て続けに洞窟内で迷う人間が出てくること自体がおかしい。大方、立入禁止区域についての警告が不十分だったのだろうが、運営側の管理がいかに杜撰《ずさん》なものかが窺い知れる」

「なるほど、そこで不信感を抱いたのか」

「私たちも後で聴取を受けるだろう。警察には私から話しておく」

それだけ言い残して立ち去ろうとする秀一に向かって、

「もう一つ訊いてもいいか」

「何だ」

「首切り犯が巌竜洞の運営管理に関わる人だというのは分かった。じゃあ、実際に飛沼さんの首を切り落としたのは誰だったんだろう」

「安全帽の欠陥を知っている人間であることが大前提だ。もしかしたら従業員には知らされていなかったかもしれないが、その場合、運営の中核を担っている人物となるだろうな。おのずと数は絞られる」

秀一は敢《あ》えて名指しをしなかったが、論馬にはそれが誰なのか分かるような気がした。

平静さを取り戻した頭で考えてみれば、何てことはない。

迷路のような鍾乳洞の中で、さして迷うことなく遺体の元へ辿り着けたのも、あらかじめ道順を知っていた人間が先導していたからにほかならない。

巌竜洞から戻る途中で秀一が言っていた通りなのだろう。

まさにあの瞬間、犯人はすぐそばにいたのだ。

論馬は犯人の顔を、人の好《よ》さそうな笑顔で巌竜洞の盛況ぶりを喜んでいた姿を思い浮かべた。

彼にとっても苦渋の決断だったに違いない。

事故が起きたことが知れ渡れば、観光地としては打撃を受ける。受けるが、再起不能になるわけではない。

しかし安全管理に問題があったとすれば、被害者は一転して加害者となる。そうなればもう町興しどころの話ではない。彼の肩にはこの街の未来が掛かっていたのだ。

「それに犯人は一つ、致命的なミスを犯している」

「ミス？」

「あの洞窟の中で、犯人はこう発言していた。『彼女は首をこの洞窟のどこかに隠して、身を投げた』と。その瞬間、私は彼が実行犯だと確信した」

「それだけで何が分かるんだよ」

「あの時、片方の死体に首はなく、もう片方の死体も俯せの状態で沈んでいた。顔が見えない状態にもかかわらず、その人物には二人の性別がはっきりと分かっていたんだ。そうでなければ、地底湖に沈んでいる方が女性だという発言は出てこない」

「でも俺たちの会話の中から、どっちが誰なのかは推測できたんじゃ……」

「思い返してみろ。確かに、首を切られているのは飛沼君で、溺死《できし》しているのは岡島君だという話はしていた。だが、飛沼が男性で、岡島が女性だとは一言も触れられていない」

「あ」

論馬はぽかんと口を開けた。

死体を見つけてからの一連の会話は、二つの死体について、性別が反対でも問題なく通じる内容だった。

初めて二人の性別について語られたのは、犯人の失言よりも後、ほかでもない論馬自身の口からだった。

「なのになぜ、溺死している方が女性だと分かったのか。それは自分の手で切り落とした首が男性のものだったから。そうとしか考えられないだろう」

――最初から喜多川さんが犯人だと見抜いていたのか。

論馬は、なぜ秀一があれほど巌竜洞から出ることにこだわっていたのかに気付いた。

自分たちは確かに危険に晒されていたのだ。その頭に被っているものが、まるで信用に値しない、脆弱《ぜいじゃく》な盾であることを知らぬまま。

一つ間違えれば飛沼と同じ運命を辿っていたかもしれない。

論馬は巌竜洞の入口に目を遣《や》った。

ぽっかりと空いた穴が、入る者すべてを呑み込まんとする怪物の口蓋《こうがい》に見えてくる。

無限の鍾乳石。あるものは牙のように天井から垂れ下がり、あるものは爪のように地上から天を突き上げ、またあるものは折り重なり、鱗《うろこ》のような姿を錯覚させる。

無警戒のままその中に飛び込んだ者は、竜の牙に嚙《か》み潰された。

龍泉洞、龍河洞《りゅうがどう》、竜ケ岩《りゅうがし》洞《どう》、そして巌竜洞。

なぜ全国の鍾乳洞には、これほどまでに竜の名を冠しているものが多いのか。

深い谷底を見下ろしながら、論馬はその理由を肌で感じ取っていた。

6

東北からの家路。

最終便の新幹線に揺られながら論馬はぼんやりと外を眺めていた。

グリーン車にはほとんど人の姿はない。向かいには座席を半回転させた秀一が悠然と腰掛けている。

「どうした論馬、元気がないな」

「いや、別に」

論馬は目を逸《そ》らそうとしたが、秀一の無言の圧力にあっさり白旗を振る。

「俺には見抜けなかった。まさか目の前に広がっている鍾乳洞が凶器だったなんて」

「無理もないだろう」

秀一は事もなげに言った。

「見えているのに見えない。それはつまり、先入観が邪魔をしているだけのことだ。

そうだな、例えば――」

秀一は眼鏡を押し上げると、

「龍という概念がどこで生まれたのか、それについては諸説あるが、起源を辿れば古代メソポタミアにまで遡ると言われている」

「それがどうしたんだよ」

「龍を神聖視していたのは古代シュメール人だった。シュメール文明はバビロン王朝によって滅ぼされ、古代都市バビロンは、後のバビロン第三王朝で首都となる。かの有名なバビロンの空中庭園はこの時代に築かれたという逸話があるが、ここで問題だ。奥州平泉にある浄土式庭園、その起源が古代都市バビロンの空中庭園にあった――そう言ったらお前はどう思う？」

「決まっている。そんなはずがあるか、だ」

「それもまた先入観だ。信じがたい話に対して端《はな》から有り得ないと可能性を除外してしまう、それは人間の習性でもある」

「でもさすがになあ、平泉の浄土式庭園なら俺でも知っているけど」

「ああ、世界遺産にも登録されているし、知らない人の方が少ないだろう」

岩手県の南西部に位置する平泉町。

ここには十一世紀末から十二世紀半ばに掛けて、当時の陸奥《むつ》および出羽国《でわのくに》を治めていた豪族、奥州藤原氏三代によって築かれたという庭園と考古遺跡群が遺されている。相次ぐ戦乱と災禍によって乱れた平安末期、庶民の間では「南無阿弥陀仏《なむあみだぶつ》」の念仏を唱えることで死後に極楽浄土へと往生できるという浄土思想が興隆した。

本来ならば死後に辿り着く場所とされる極楽浄土だが、争いがなく誰もが心穏やかに生きることのできる楽園、それを死後の世界ではなく現世に顕現させることを願って浄土式庭園は築かれた。

藤原清衡《きよひら》が造営した中尊寺、その息子である基衡《もとひら》の治世で開かれた毛越寺《もうつうじ》、基衡の死後に彼の妻が建立したとされる観自在王院《かんじざいおういん》、そして三代秀衡《ひでひら》の時代に築かれた無量光院《むりょうこういん》。

これら四つの寺院はそれぞれ独立して極楽浄土を表現する庭園を備えていたが、その後の時代で度重なる火災に見舞われ、現存する遺構はごく一部のものとなっている。寺院に囲まれる位置には、秀衡によって造られたという人工の山、金鶏山《きんけいざん》を望むことができる。

極楽浄土を空間的に表現した建築や庭園は世界でも類を見ない。

四つの寺院に金鶏山を含めた五つを構成資産として世界遺産に登録されたことにより、平泉の遺産価値は世界中に遍《あまね》く知れ渡ることになった。

「片やバビロンの空中庭園は、紀元前の中東を舞台にした御伽噺《おとぎばなし》だろ？　時代も場所も遠く離れた平泉のいったいどこに幻の空中庭園の面影があるんだ」

論馬は解せない思いで首を傾げた。

「そもそも空中庭園が実在したかどうかも定かじゃないはずだ」

「ああ。確かに決定的な証拠となる遺構はまだ見つかっていない」

秀一は素直に頷いた。

バビロンは現在のバグダッドから南に百キロほど離れた、ユーフラテス川をまたいだ地域に建設された古代都市である。

紀元前十九世紀にバビロン第一王朝の都として発展を遂げたものの、幾度となく異民族による支配下に置かれ、町は荒廃してしまう。しかしその後、紀元前六二五年にメソポタミア地方で勃興し、勢力を拡大した新バビロニア王国において再び首都となり、バビロンはその輝きを取り戻した。

「空中庭園はまさにこの時代、新バビロニア王国の治世で建造されたという伝承が残っている。フランドル画家ピーテル・ブリューゲルが描いた絵のモデルにもなった『バベルの塔』や、現物はベルリンのペルガモン博物館に移築されている『イシュタル門』が建造されたのも同時期だったと考えられている」

「バベルの塔も現存していない点では空中庭園と似たようなものだろ」

「いや。バベルの塔については実在を裏付ける遺構や資料が発掘されている。少なくとも空中庭園よりは信憑性《しんぴょう》が高いだろう」

「なるほどね。バビロン遺跡からは空中庭園に繋がる証拠は発掘されていない。残るは文献頼みか。空中庭園について記された書物ではどのように描写されているんだ？」

「古代ギリシアの数学者にして冒険家のフィロンという人物は、バビロンの空中庭園を指して『浮かぶ庭園』と形容した。フィロンの描写があまりにも鮮烈だったためか、そのイメージだけが脈々と受け継がれることとなり、今でも空中庭園と聞けば、決して少なくない人が雲の上に浮かぶ巨大な要塞を思い浮かべる。空中庭園の実態は限りなく曖昧かつ抽象的というのが世界共通の認識だ」

「空中庭園が実在した時代の文献には具体的な描写が残っているんじゃないか？」

「それが奇妙なことに、時代を遡れば遡るほど、空中庭園に関する記述は減っていく傾向にある。新バビロニア王国の繁栄については、数多くの歴史家や考古学者の著作の中で詳細に語られているものの、肝心の空中庭園となると、ぱったり記述が途絶えてしまう」

「へえ。近づけば近づくほど見えなくなるなんて、まさに砂漠のオアシス、蜃気楼《しんきろう》そのものだな」

論馬は目を細めた。

「じゃあ俺たちが空中庭園に抱く幻想や夢は、後世の歴史家が遺した史料によって築かれたイメージに拠《よ》るところが大きいと、そういうことか」

「ああ。もっとも、それですら信用できるかどうか疑わしい。空中庭園に関する早い時期の記述は、ほとんどが後の時代の歴史家によって引用されて残ったものなんだ。加えて、引用する方もされる方も、ともに新バビロニア王国の時代よりずっと後の時代に生きていた人たちだときている。これで正確な文献が残っていたとしたら、それはもう奇跡としか言いようがない」

一連の不確かな情報にすっかり愛想を尽かした近現代の歴史家や考古学者の中には、空中庭園の軌跡をバビロンではなく、ほかの地域にあるとして研究を進める者も出てきた。

中でも有力な説の一つに、現在のイラク北部、ティグリス川の上流域にあったとされる「ニネヴェ」こそが、空中庭園を擁《よう》していた真の古代都市とするものがある。メソポタミア北部で旗を揚げたアッシリア人は、長い間、周辺諸国に隷属する憂き目に遭っていた。しかし、いち早く戦場で鉄器や騎兵を駆使するようになり、やがてはバビロンをも征服し、オリエント世界の覇者にまで上り詰めた一大帝国となった。そしてアッシリア帝国の最盛期の首都こそが、ほかでもないニネヴェの町だった。

歴史学ではもっぱら軍事面で取り上げられることの多いアッシリア人だが、その蛮勇なイメージの陰に隠れて、庭園造りに並々ならぬ情熱を注いでいたという側面があったことはあまり知られていない。

都市には広大な果樹園が設けられ、何千何万という木々が植えられた。果樹園は船や城門を建造するための木材を供給し、香水作りや製薬に至るまで、ありとあらゆる産業の要になっていたという。

「空中庭園の謎を解くにはアッシリアの造園技術についての考察が欠かせない鍵になる。これに空中庭園に関する最も正確な記録とされる文献とを照らし合わせることで、ようやく庭園の全貌が見えてくる仕掛けになっている」

「その文献って？　空中庭園の実態に肉薄した人物とはいったい誰なんだ」

「紀元前三世紀にギリシア語で書かれた『バビロニア誌』という古い文献がある。これを書いたのは当時のバビロンに住んでいた神官で、名をベロッソスという。彼は教養ある人物だったらしく、バビロニアの占星学や歴史学にも造詣が深かった。注目すべきは、新バビロニア王国で最も権威のあった王と言われているネブカドネザル二世の時代について記された部分だ」

「ほかの作家が遺した文献とはどこが違う？」

「とにかく描写の具体性が頭ひとつ抜けているんだ。フィロンの記述に連なるような流水と万緑に満ちた幻想的な風景とはまるで異なり、空中庭園が築かれた経緯や目的がはっきりと記載されている」

ベロッソスは著書『バビロニア誌』の中でこのように記している。

「王は高くそびえる石のテラスを築き、山並みのような眺めとなして、ありとあらゆる樹木を植えた。このいわゆる空中楽園を王が造ったのは、メディアの周辺で育った妃《きさき》が山地の景色を眺めたがったからであった——」

「空中楽園？　庭園ではなくて？」

　論馬は耳ざとく言い回しの違いを捉えた。

「そう、楽園だ。正確にはギリシア語で『パラデイソス』と記されていた」

　パラデイソスという言葉は「パリダイサ」という「囲われた狩猟園」を意味するメディア語に由来する。パリダイサがアケメネス朝ペルシアの時代にギリシアに入り、パラデイソスと呼ばれるようになった。

　元々は狩猟園を意味していたパラデイソスは、平野に聳《そび》える都市にペルシア人が定住するにつれ、いつしか都市のそばに築かれた娯楽用の庭園のことを表すようになった。

　これが楽園を意味する「パラダイス」の起源であると考えられている。

「そして、バビロンの空中庭園を築いたとされるネブカドネザルはアッシリアの造園技術を大いに取り入れた」

　灼熱《しゃくねつ》の平野の真っただ中にあって、庭園を維持し続けるには高度を保った灌漑《かんがい》施設の構築が必要不可欠となる。

　十分な高度は、落水による飛沫《しぶき》で空気を湿らせることを可能にし、急勾配から流れ落ちた水はその勢いのまま水路を通って庭園全体を潤していく。そして庭園を囲む高い壁は、直射日光を防ぐと共に、ひんやりと湿った空気を逃がさず中に閉じ込める役割を果たすのだ。

「段差状に積み上げられた石は人工のテラスとなって山のように聳え立つ。テラスには外国から取り寄せたありとあらゆる樹木が植えられ、木々と果実と日陰によって埋め尽くされた庭園は、ひんやりとした霧と芳香に包まれ、絶えることのない流水のせせらぎが心地よく響く。そして庭園の周囲には、高い壁がぐるりと巡らされ、隔絶された庭園は、まさしく神聖不可侵な楽園へと昇華する。これが空中庭園の本当の眺めなんだ」

「なあ兄貴。話を戻すが、絢爛《けんらん》豪華な空中庭園のどこに平泉の庭園の要素があるのか、そろそろ教えてもらえないか」

「たった今話したばかりじゃないか」

「そうなのか？」

「私が言いたかったのは庭園様式のことじゃない。空中庭園も平泉も、それが『楽園』を目指して造られたという点で一致していることに尽きる」

「もう少し分かりやすく言ってくれ」

「平泉は極楽浄土を現世に再現することを目的として造られた。そしてバビロンの空中庭園もまた、楽園を現世に再現することを目指して造られている」

「その表現は少し、というかすごく変じゃないか？」論馬は目を白黒させながら、

「そもそも極楽浄土は死後の世界だろ。天国ならまだしも、楽園となると意味が遠ざかるような気がするが」

「じゃあ言い方を変えよう。平泉の浄土式庭園は、あくまで奥州藤原氏三代が、自分たちの心の中で描いた死後の世界を再現したものだ。そして空中庭園は、ネブカドネザル王の妃が心の中で覚えていた故郷を再現したものだった。つまり、心象風景を現《うつ》し世《よ》に紡ぎ出した結果が庭園となった。この一点において両者は完全に一致していると、そうは考えられないだろうか」

「……ちょっと待ってくれ」

論馬は髪をぐしゃぐしゃと掻き毟《むし》りながら、困った顔で呟いた。

「すると何だ。学術的に平泉の浄土式庭園の起源がバビロンの空中庭園にあったわけではなく、あくまで観念上の類似性にすぎない、と？」

「まあそうだな」

「馬鹿馬鹿しい」

憮然《ぶぜん》とした顔で論馬はぼやいた。

「話は終わりか？」

「いいや、もう少しだけ続きがある」

珍しく秀一は饒舌《じょうぜつ》だった。

「バビロンの空中庭園は、その後の中東における造園にも多大な影響を与えている。アケメネス朝ペルシアの初代皇帝キュロス二世はパサルガダエの平野に庭園付き宮殿を建てた。庭園の設計や配置、石造りの東屋《あずまや》、綺麗な階段状になったテラスなど、ペルシア式庭園の伝統がそこかしこに遺されている。この庭園は現存する最古のペルシア式庭園であり、バビロンの空中庭園の正統な系譜を受け継いだ庭園であると言ってもいいだろう」

ペルシア式庭園の様式美はその後も東へ東へと伝わってインドまで到達し、ムガール帝国時代に建設されたシャリマール園や、アンバラ、カシミール、スリナガルといった北部の都市にまで伝播《でんぱ》していく。

「ペルシア式庭園が世界中に広がっていったことは確かなようだが、平安時代の日本までは残念ながら伝わらなかったみたいだな」

「ああ、その通りだ」

秀一は一呼吸置いてから、

「平安時代じゃない。ペルシア式庭園が、バビロンの空中庭園の存在が日本に伝わったのはそれよりもさらに前の時代のことだった」

「有り得ない。そんな話は今まで聞いたこともない」

「日本における造園の歴史では、寝殿造りという庭園様式が広まった平安時代に原点があると長い間考えられていた。しかし、奈良県明日香村《あすかむら》にある飛鳥京《あすかきょう》跡から苑池《えんち》や水路といった遺構が見つかったことで、日本の庭園様式の起源は平安時代以前に遡るというのが通説になっている」

「その可能性は否定できないかもしれないけど……。仏教やほかの文化と同様に、大陸や半島から伝わっただけのことだろ」

「そう簡単な話でもない」

秀一は腕を組むと、

「奇妙なことに、中国には浄土式庭園がほとんど残存していないという事実がある。しかし中国北西部、シルクロードの中継地でもあった敦煌《とんこう》には『阿弥陀浄土変相図《あみだじようどへんそうず》』という浄土を絵画で表した壁画が遺されている。刮目《かつもく》すべきはこの絵画において、浄土が庭園の風景を以《もっ》て描かれていることだろう」

「確かインドから伝播した大乗仏教もシルクロードを辿って広がっていったんだったな」

「南から伝わった仏教の教えと、遥か西方のペルシアから伝わった空中庭園の幻想、その二つが敦煌の地で交じり合ったとしたら――」

「楽園が庭園と同義になった瞬間だったと、そう考えることもできるかもしれないな」

「朝廷は遣隋使《けんずいし》や遣唐使《けんとうし》を介して中国と密接な関係を築いたが、実は平泉でも北方貿易《ほっぽうぼうえき》と称される中国との直接貿易が盛んに行われていた。その証拠に、日本の浄土式庭園は近畿と東北に集中している。想像してみろ、論馬」

秀一は囁《ささや》いた。

「日本人に初めて造園という概念をもたらしたのが、バビロンの空中庭園だったとしたら――日本で最初に庭園を築いたのが空中庭園への憧憬《しょうけい》に突き動かされた人たちだったとしたら」

「平泉どころか日本庭園の起源そのものかもしれないってことか」

論馬は好奇心を剝き出しにして秀一に迫る。

「証明できるのか？」

「どうかな。ただ」

秀一はその問いかけには答えず、

「平泉の浄土式庭園、そして空中庭園の正統な系譜であるパサルガダエのペルシア式庭園。お互いにまったく縁も所縁《ゆかり》もなかったはずのこの二つの庭園は、二〇一一年、揃《そろ》って世界遺産に登録されるという運命的な結末を迎えている」

それをどう捉えるかはお前に任せるよ、そう言って秀一は自分の眼鏡を外し、論馬に掛けた。

「えっ？」

論馬は瞬きした。意に反し、視界は何事もなかったかのように澄み渡っている。

「この眼鏡、度が入ってないぞ」

伊達《だて》だったのかと呆然とする論馬に、秀一は悪戯めいた笑みを浮かべた。

「学者然とした人間が、お洒落《しゃれ》眼鏡を掛けてはいけない理由があるのか？」

「いや、兄貴に関してはどう見ても勉強のやり過ぎで近視になったとしか思えんが」

「見かけで人を判断する。これも一種の先入観だな」

「はあ……」

脱力した論馬はシートの背もたれに体を預けた。

わずか二日間の出来事だったが、あまりにもいろいろなことが起こりすぎて気持ちの整理が追い付かない。

ゆっくりと押し寄せてきた徒労感と睡魔に目を閉じる。

無事に家に帰ったら何をするか、論馬はもう決めていた。

――まずは方向音痴の治し方からだな……。

その眼鏡は記念にやろう、という秀一の言葉が、ささやかな旅の終わりを告げていた。

第二章 金字塔の雪密室

1

一月十八日、京都市内にある巳羅《みら》大学大学院某所。

後期課程も終わりに差し掛かった時期のせいか、人の姿はほとんど見当たらない。試験を受けるための学生たちでごった返していた先週までの喧騒《けんそう》が嘘であったかのように、昼間の大学院内には粛々《しゅくしゅく》とした空気が漂っていた。

理工学系の研究室が占拠する一棟、建築学科の表札が掲げられた一室も例外ではなかったが、静寂の中において最も集中力を発揮できる不結論馬にとって、これ以上の理想的な環境はなかった。

研究室には古文書が捲られる乾いた音と、時折、紅茶が啜《すす》られる音が微《かす》かに響くのみ。時間を忘れ、文献に没頭している論馬の耳には何も入らない。研究室の扉が叩《たた》かれたことにも最初は気付かなかった。

室内に明かりが灯《とも》っているため、不在ではないと来訪者は判断したらしい。

段々と音量を上げていくノック音が扉を破壊しかねない領域にまで至ったところで、

ようやく論馬は腰を上げた。

さすがにこの段階になるまでには来訪者の存在に気付いていたが、今出て行けば居留守をしていたと勘違いされるだろう。とはいえ、このまま放置していても作業の邪魔になるだけだ。

論馬は暗澹《あんたん》とした気分でドアを開けたが、それ以上にどす黒く、剣吞《けんのん》な雰囲気を纏《まと》っている女性が現れたので、すっかり言葉に詰まってしまった。

ウルフカットにアレンジされた髪はブラウンで、控えめなベージュのメッシュが入っている。光の加減のせいか、虹彩《こうさいう》は薄っすらと青みがかっていた。碧眼《へきがん》が外国人の血によるものだとすれば、褐色を帯びた肌もただの日焼けではないことになるが、判断が難しい。

目鼻立ちはくっきりと整っているが、隠す気のない怒髪天と険しすぎる目つきがすべてを苛烈な印象に押し上げている。

前髪で片目が隠れているのがせめてもの救いだ。二倍増しの眼力を受け止められる自信はない。背丈は論馬と同程度。論馬の身長は成人男性の平均前後なので、女性としてはスタイルの良い方になるだろう。年齢は二十代後半から三十代前半ぐらいか。

二十六歳の博士課程学生である論馬とそれほど離れてはいないように見える。

「あなたは――」

「いるんならさっさと開けなさいよ」

女は胡散臭《うさんくさ》そうに論馬を眺めていたが、

「えっと、不結論馬さんはどちらに？」

「論馬は僕です」

「あら、そうなの」

予想外だったのか、女の三白眼が僅《わず》かに揺れた。

「不結秀一さんの弟で間違いないわね」

「秀一は確かに僕の兄ですが」

不結という名字が珍しい方だという自覚はある。同姓同名の別人ではないだろう。

「えっと、本当に不結先生の弟？」

女は頬を引き攣《つ》らせながら執拗に念押ししてくる。が、論馬にはその理由に十分過ぎるほどの心当たりがあった。

「僕ら兄弟はあまり似ていませんからね。特に目元が」

「く、ふっ――」

女はとうとう噴き出すと、脇目も振らずに笑い出した。他に人はいないので、周囲の視線を気にする必要もなかったが。

女は息を整えると、

「あーびっくりした。てっきり死体が歩いているのかと思ったわ。凄《すご》いわね、その目。夢と希望をどこに忘れてきたのかしら。死んだ魚も裸足《はだし》で逃げ出すんじゃないの？　家族と友人とペットのお葬式が一遍に重なった日の帰り道みたいな顔をしているわよ」

「……バイトで葬儀参列者のサクラをやったことならありますけど」

「あははは！　天職だ天職」

――ここまで虚仮《こけ》にされたのはさすがに記憶にないな。

論馬の目は生まれながらにして死んでいる。

死んでいたが、心身は健やかに育ったのは奇跡と言えた。小さい頃は、お人形さんのような目だなどと言われ、喜んでいたが、後々になって論馬は気付いた。それが西洋人形なのか、それとも日本人形なのかでは雲泥の差があると。

兎《と》にも角にも、この女とは紛《まが》うことなき初対面である。どういう神経をしていたらこんな失礼な真似《まね》ができるのだろうか。

遠慮なく開かれた口からは尖《とが》った犬歯が覗いている。心の中で論馬は、彼女に「狼女」という呼び名を付けた。

狼女はひとしきり笑って満足したのか、

「こんなに笑ったのは久しぶりだわ」

と、握手を求めてきた。嫌々その手を握り返すと、

「それで僕に何の用ですか。えっと」

「由布院《ゆふいん》蘆花《ろか》。東京の璃刻《りこく》大であなたのお兄さんと同じ研究室に所属しているの」

「――なるほど、そういうことですか」

論馬は顔をしかめた。

血の繋がらない義兄の秀一とは、昔から他人行儀な関係にあった。論馬が大学に進学して実家を出てからはすっかり疎遠になっている。

「あの気難し屋に振り回されているのでは？」

「まあね。もう慣れたけど」

億劫そうな台詞《せりふ》とは裏腹に、由布院の表情はあっさりしている。大方、こうして駆

り出されるのも一度や二度ではなかったのだろう。

「同情します。ところで、由布院さんは学生ではないですよね」

「准教授よ」

「へえ」

今度は論馬が呆気《あっけ》に取られる番だった。

荒っぽい口調といい、目に映るものすべてに片っ端から嚙みついていきそうな風貌といい、まったく学者然としていない。ラウドロックのボーカルの方が嵌《は》まっているだろう。

加えて准教授にしては相当若い。

年功序列の色濃い民間企業とは異なり、学界は実力や実績が幅を利かせる世界ではあるが、それにしても異例の成り上がりだ。

四十前で教授職に就いている兄の秀一も大概化け物だが、それに肉薄する勢いだ。

論馬の中で、由布院はただの狼女から、侮れない狼女へと格上げされた。

「ここは冷えます。よろしければ中へどうぞ」

「ありがとう」

由布院はコートを脱ぐと、研究室の中央に置かれたソファに腰を下ろした。

意味ありげに論馬を見つめながら、服の内ポケットからシガレットケースを取り出して――

「あの、煙草《たばこ》はやめていただけるとありがたいのですが」

論馬の頼みに、ぴたりと由布院の手が止まる。

「あら残念」

彼女は悪びれもせずに煙草を仕舞うと、背もたれに上着を掛け、論馬にも座るよう目で合図を送ってくる。

少し迷ったが、戸棚から来客用のティーカップを取り出して紅茶を注いだ。

論馬はティーポットと一緒にカップを机に置くと、先ほどまで座っていた椅子を引いて由布院の正面に陣取った。気まずい沈黙が流れる。

論馬はさっさと話題を切り替えることにした。

「先にご用件を伺っておきましょう。わざわざ東京から出向いてこられたそうですが、まさか僕に会うためだけではありませんよね」

「そのまさかよ」

猫舌ではないようで――狼女だからか――淹《い》れ立ての紅茶をぐいぐい飲みながら由布院が答えた。

「不結先生から引き継いだ研究テーマがあるんだけど、取り掛かるにあたってオブザーバーを探していてね。そしたら『ちょうど適任がいる』って言われて、弟さんを紹介してもらったってわけ」

「え、僕は何も聞いてませんけど」

「やっぱりあなたたち兄弟は仲が良くないのね」

由布院は苦笑交じりに、

「先生からは『巳羅大学院に通う弟が役に立つだろう』とは聞かされてはいたものの、肝心の連絡先については知らなかったみたい。忘れたなんて誤魔化していたけど、何となく察していたわ。本当は兄弟の不仲が露呈するのが嫌だったのね」

「別に不仲ではないですよ。それにしてもよくこの研究室が分かりましたね。大学に問い合わせたんですか？」

「問い合わせるまでもなかったわ」

由布院はそう言いながら脇に置いてあったキャリーバッグに手を差し込んだ。

Ａ４用紙が挟まったクリアファイルを抜き出し、そのまま机の上に放り出す。どうやらネットの記事を印刷したもののようだ。

「昨年度の日本建築学会賞。この研究室の教授と連名になった論文が優秀賞に選ばれていたわよ。表題は『絹の道と飛鳥奈良時代における建築様式の変遷に関する研究』ね。大した有名人じゃない」

「名前を貸しただけですよ」

「嘘が下手ね。この世界じゃ教授が学生の手柄を横取りすることなんてざらにある。そうなっていないのは、名前を出さざるを得ないほどにあなたの功績が大きかったってことでしょ」

「僕が教授の弱みを握って脅した可能性は無視ですか」

「まあ、あなたならやりかねないけど、違うでしょうね」

悪い冗談を悪い冗談で返される。

「僕が平然と他人を脅すような人間に見えることは置いておきましょう。それで、どうして僕がここにいると分かったんですか」

「大学に着いてからまず学生課に足を運んだんだけど、不結論馬の名前を告げたら、窓口のおばさんによるあなたの自慢話が始まってね。それも延々と。四月からは地元の奈良で文化財保護事務所への就職も決まっているとか」

「……僕の個人情報は誰が保護してくれるのでしょうか」

「不愉快そうね。ま、他人に詮索《せんさく》されたくない気持ちは分かるわ。私も似たようなものだし」

由布院はクリアファイルを掲げると、論馬の目の前で振ってみせた。

「お兄さんは東洋史の専門だけど、君は建築史を専攻してるのね」

「ええまあ」

「史学という枠組みでは同じなんだろうけど。お兄さんと袂《たもと》を分かった理由って何なのかしら」

「そんな大層な話ではありませんよ」論馬は苦笑いで応じる。

「奈良の実家が古い建物でしてね。それが地震で倒壊して跡地には集合住宅が建ちました。新築のマンションを見た瞬間、僕は昔の家が好きだったことをようやく思い知ったんです。失って初めて気付くこともある、でも失ってからじゃ遅すぎる。人は死んでも生きた証は残ります。その証は人々の記憶の中に宿っている。建物だっていくら朽ちて消え失《う》せようとも、存在した証は後世の建造物において構造や技法の中に息衝《いきづ》いているんです。そのことを忘れない限り、本当の意味で文化財が失われることはありません」

「ふーん。文化財を守るために建築史を志した、ってことかしら」

「守るなどというと大袈裟《おおげさ》ですが、敢えて言うなら伝えていくため、でしょうか」

「どう違うの？」

「建築という学問には設計や製図などに代表される数学的分野、今も進化を続けている『文明』としての側面だけでなく、数千年以上もの間、時代や地域を超えて受け継がれ、変化を続けている『文化』——言うなれば社会学的分野としての側面もあるんです。僕が専攻する建築史学は後者に属しますね。建築史学では、欧州であればエジプトやギリシアの神殿から二十世紀の建築様式まで、日本ならば寺院や城郭、茶室や民家などの成り立ちや構造について取り上げられることが多いです」

「文明の利は享受するもの、文化の妙は伝えるもの。その差ってことかしら」

「まさしく」論馬は頷くと、

「文化を正しく伝えていくためには多くを学ばなくてはなりません。現代の建築学において修めるべき科目は多岐に亘《わた》ります。鉄や石、コンクリートなどの材料について学ぶ材料学。その材料を組み合わせ、地質や風土に照らした上で建造物の機能について考える構造学。構造学を支える力学や物理学も絡んでくるでしょう。言うなれば形《けい》而下《じか》の学問ですね。ですがこれだけでは建築は成立しない。各部屋をどう配置するかを検討する計画学では、かつての人々が空間というものを感性としてどのように捉えていたかをつぶさに研究することが求められますし、建築の本質とは何かを考える建築論という分野もあります。もはや哲学ですが、こうした形而上の学問も建築を学ぶ上では必要不可欠なのですよ」

「分からなくもないわ」

由布院は弾《はず》んだ声でそう言うと、ポットを手に取って紅茶のお代わりを自分で注《つ》いだ。

「歴史に正解はない。世界中の人間による営みが結晶となって歴史が紡がれるわけだけど、人間の行動は必ずしも合理性に則《のっと》っているとは限らない。人の心は物質ではないのだから、科学的に立証され、定義付けられた数式に当て嵌めても答えは導き出せない。今、目の前に座っている人間の腹の底だって読めないのに、何世紀も前に死んだ人間の感情なんて分かるはずもないってこと」

だからこそ面白いのよ、と由布院は犬歯を覗かせた。

「つまるところ建築史も同じなんでしょうね。天にまで届くような高さを追い求めた情熱、一年でも一世紀でも長く作品を永らえさせたいという願望、そして荘厳な建造物を前にしたときの憧憬《しょうけい》っ それこそが論馬君が伝えたいことなんじゃないの?」

「そうかもしれません。ただ」論馬は言葉を切ると、

「これから先、建築は二本の柱によって支えられていくと考えられます。一つは住まいとしての機能、そしてもう一つは娯楽としての機能。住まいについては言うまでもないでしょう。次代の住居は居住性や利便性を極限まで突き詰めた構造やデザインになる。無駄な装飾は省かれ、壁や柱はより薄く、外観は統一化の一途を辿る。量産化の波は既に建築分野にも及んでいます」

「今じゃ世界中どこに出かけても似たような住宅が並んでいるわね。鉄とガラスとコンクリートで造られた四角い箱。いつの間にこうなったのかしら」

「決定的だったのは一九一九年、新興の美術学校としてヴァイマール共和政期のドイツ国内に創設された『バウハウス』の登場でしょう」

「その名前なら私も知っているわ」由布院は身を乗り出すと、「第一次世界大戦直後、ドイツ建築家のヴァルター・グロピウスが自ら校長となって開校した教育機関、それがバウハウスね」

「はい。グロピウスの狙いは次代を担う建築家の養成にありました。当時、建築家になるためには師匠の下に入り、技術を学ぶ徒弟制度が一般的となっていましたが、グロピウスは指定のカリキュラムに基づいた教育を推奨することで、建築を学問として再編成したのです。デザインに必要な理論を学ばせ、同時に工房で実践させる。建築はすべての芸術と工芸が統合されるものであると、グロピウスは考えていました。その信念に違《たが》わず、バウハウスには美術・工芸・建築のすべての分野に関わる前途有望な芸術家が集められ、形態・材料・色彩といった共通した芸術の基礎が学ばれることとなりました。この教育方針は現代の大学や大学院における建築学のカリキュラムにも多大な影響を与えています」

「君の言っていた形而上、形而下の学問とやらもその一環ということね」

「まあそうです。グロピウスの思想を借りるなら、芸術は感性、工芸は実用性といったところでしょうか。前者は文系科目、後者は理数系科目ですね」

「話の流れからすると、バウハウスで提唱された理論が画一的な現代建築の礎を築いたことになりそうだけど、それは正しいのかしら」

「間違ってはいないでしょう。事実、バウハウスのデザイン理論とは、二十世紀を科学の時代と見なした上でそれに相応《ふさわ》しい建築を求めるものでした。すなわち過去の歴史様式や伝統的手法との断絶であり、合理主義・機能主義・実用主義を根拠とするモダニズム建築の台頭であったわけです。そこでは幾何学に基づく構成の美こそが尊ばれ、色味のない鉄やガラスやコンクリートが主要な材料となった。全体の形は無駄のない四角の箱型で、壁には大きなガラス窓――今ではごく当たり前の風景です」

「モダニズム建築が世界中に波及した経緯については？」

「バウハウスの建築家たちがこぞってアメリカに亡命したことが大きいでしょうね。ナチス・ドイツが権力を掌握したことで、前衛芸術家の活動は制限されることとなりました。白人至上主義を掲げるナチズムに、無国籍かつ普遍的に受け入れられることを目指したモダニズム建築が相容《あいい》れるはずもありません」

「なるほどね。そして第二次世界大戦以後、モダニズム建築はアメリカを新たな拠点として世界中に広まっていった」

「と、思うでしょう」論馬の頬が緩んだ。

確かにアメリカに渡ったグロピウスたちの尽力によって箱型の超高層ビルが建ち、世界中に乱立する時代が築かれることになった。

ところが、一九六〇年頃からの急速な経済成長によって、天然資源の枯渇や環境破壊、公害の発生といった社会問題が浮き彫りになり、それまでの思想や社会活動にいったん疑問の目が向けられる。

「建築の世界も同じでした。モダニズム建築の主流だった機能主義や普遍性に対し、かつての歴史様式や土着性《ヴァナキュラー》を求める声が上がり始めます。これが『ポスト・モダニズム建築』です。ポスト・モダニズム建築は安価で量産できる住宅よりも、主にオフィスや公共施設など建築家の自由な発想や個性が尊重される環境において輝きを放っているようですね。格式ばった建築様式からの脱却ですから、デザインについても実に多種多様です」

「何よ。結局振り出しに戻ってきたってこと？」

調子の外れた声で由布院が言った。

「歴史は繰り返すって言うけど本当みたいね」

「厳密には歴史だけでなく芸術全般にも通じる仕組みだと思いますよ。音楽だってEDMを取り込んだ楽曲が流行《はや》ったかと思えば、九〇年代のユーロビートが再燃したりしていますからね」

「多様化するデザイン。これが論馬君の言っていた、建築が担う娯楽としての機能ってことかしら」

「住居にも芸術性を求める人は少なからずいるでしょうが、やはり娯楽の域を出ないでしょう」

「金持ちの道楽ってことね」

「はっきり言いますね……」

まあ否定はしませんが、と論馬は付け加えた。

「それでも建築に装飾美は必要よ。私はそう思うわ」

由布院は挑発的な目で論馬を見つめてくる。

「ル・コルビュジエよりもアントニ・ガウディの方が好きなのよ、私」

「もしかしてスペインにご親戚が？」

日本人離れした由布院の容姿について論馬が初めて触れると、彼女は白い歯を見せて笑った。

「祖母がバルセロナの生まれでね。私は生粋の日本生まれ日本育ちだけど、祖母の家は毎年訪ねてる。自然とガウディの作品に触れる機会は多くなったわ」

「奇遇ですね。僕もガウディの方が好きですよ」

一度でもサグラダ・ファミリアを見た人間は、ガウディを知る前の自分には戻れない。

論馬は一度だけスペインを訪れている。そこで生まれて初めてガウディ建築の実物を目の当たりにし、その熱量にすっかり引き込まれてしまった。

忘れもしない二年前の夏の日。

論馬はエティハド航空で成田から飛び立ち、アブダビ空港で乗り継いでバルセロナ・エル・プラット国際空港へ降り立った。

バルセロナ西部の二つ星ホテルでチェックインを済ませると、二十時間弱のフライトで溜まった疲労もどこへやら、論馬はすぐさま部屋を飛び出した。

サグラダ・ファミリアの名を冠した地下鉄駅。階段を駆け上がれば、すぐ隣に見上げるほどの荘厳な建築物が現れる。

初めてその建物を仰ぎ見たとき、論馬は肌で理解した。ああ、この建物は生きている、息巻いている、息衝いている、と。

ガウディ研究の第一人者は、意外に思われるかもしれないが、とある日本人男性だ。彼は今の論馬と同じ二十六の歳で単身バルセロナに渡り、ガウディが遺した建築物の数々について精緻な実測図面を完成させたという。その後も精力的な活動を続け、今や国際的にも高い評価を得ている。

高校時代、論馬は彼の講話を直接傾聴する機会に恵まれたことがあり、その頃からずっとガウディ建築への漠然とした憧れを抱き続けていた。

論馬がガウディ建築に対する想いを明かすと、由布院は満足げな表情を浮かべた。

「気が合うわね。私たち、上手《うま》くやれそうじゃない?」

「そうですね」

口ではそう答えたものの、その言葉は論馬の本心とはかけ離れていた。

同好の士として、由布院とは良い友人になれそうだったが、並んで歩くのは無理だと本能が告げている。

論馬は窓ガラスに映った自分の目をじっと見た。生気も覇気もない、死んだ魚のように濁った眼だ。

再び由布院に向き直る。鋭く吊《つ》り上がった彼女の目は、死んだ魚を捌《さば》く鋭利な刃物のようだった。ここまで外見の印象が対照的なのも珍しいと、論馬は他人事のように思う。

対照的なのは外面だけでなく、きっと内面にも通じているはずだ。

こうして出逢ったのも何かの縁なのだろう。これからしばらくの間、行動を共にするのかもしれない。しかし、いつか彼女とは袂を分かつことになる。

それは確信じみた予感として、論馬の胸中に渦巻いていた。

＊

「それで、由布院さんの新しい研究テーマとは何ですか?」

論馬は由布院の反応を窺いながら、慎重に切り出した。

「フ、フジヤマよ」

「フジって、ああ、富士山《ふじさん》ですか」

すっかり建築絡みの話だと思い込んでいたため、論馬は意表を突かれた。

日本の最高峰にして、成層火山としては世界有数の高さを誇る名山、それが富士山だ。

四季折々に変化する景観は古くから詩歌や文学作品にも描かれてきた。その神々《こうごう》しさ故、富士山を「神仏の居処」とする山岳信仰が芽生え、その伝統は登山や巡礼の形式の中に受け継がれている。

日本に住んでいる人間で、その名を知らない方が珍しいだろう。

「具体的に富士山の何を研究するんです？」

「そうね。かつての日本と諸外国との交流において、富士山が担っていたと考えられる歴史的役割について、そんなところかしら」

「どうにも畑違いの匂いがしますが、僕は役に立ちますかね」

「少なくとも、あなたのお兄さんはそう言っていたわ」

「うーん、参ったな」

決して演技ではなく論馬は本気で困惑していた。

富士山については一般教養レベルの知識しか持ち合わせていない。

なぜ論馬を紹介したのか、秀一に真意を問い質《ただ》すのが一番手っ取り早いだろうが、あまり気乗りはしなかった。由布院でさえ説明を受けていない前提から察するに、直接彼に掛け合ったところで、適当にはぐらかされて終わる可能性が高い。

それに、ほかに心当たりがないわけでもなかった。

「昔お世話になった人なんですがね、元登山家で、引退してからは富士山にまつわる山岳信仰の研究家に転身した知り合いがいます」

「その人は今どこにいるの？」

「ちょっと待ってください」

論馬は鞄《かばん》からタブレットを取り出すと、クラウドファイルに保存している写真データを漁り出した。やがて、

「あった。この辺かな」

論馬は手を止めた。液晶画面には男二人でキャンプをしている様子を撮影した写真が並んでいる。

「この写真、どれも富士山を背景にしているのね」

端末を覗き込んでいた由布院は一枚の写真に目を留めると、

「この写真だけ被写体がアップで写っているわ」

そこには富士山の全貌を背景にして、登山服を着た二人組の男性が湖畔に立っている光景が写されていた。

「一人は僕ですね。そしてもう一人がさっき話した元登山家の原崎功一朗《はらさきこういちろう》さんという方です」

「今の住まいは知っているの？」

「名前を検索すれば出てくると思いますよ」

そう言って論馬は検索窓に名前を打ち込んだ。

先頭に出てきたページを踏むと、山荘のホームページらしきサイトが画面に展開される。

続けてサイト運営者の紹介ページに飛ぶと、健康的に日焼けした顔に人懐っこそうな笑みを浮かべた中年男性の全身写真が目に入った。

山荘の玄関前で撮った写真のようだ。男性の傍らには細君と思《おぼ》しき人物も寄り添っている。

「へえ。原崎さん、今は地元で山荘を経営しているようですね。宿の名前は『天金《てんきん》白山荘《びやくざん》』だそうです。住所は山梨県南都留郡《みなみつる》富士河口湖町《ふじかわぐちこ》とあります」

「この人に会って話を聞くことはできるかしら」

「よければ取り次ぎますが」

「じゃあお願い」

　これで厄介そうな相談から解放される。論馬は内心喜びながら、サイトに記載されている宿泊者向けの番号を携帯に打ち込むと、由布院から距離を取った。

　電話は数コールで繋がった。が、その先で聞かされた事実に、論馬の頭は真っ白になった。

「――そんな、嘘でしょう」

　ただならぬ気配を感じ取ったのか、由布院がこちらに身を寄せてくる。

　振り返ってみれば、不安げに揺れる彼女の碧眼と目が合った。いささか生気は足りないだろうが、きっと論馬も同じような目をしていたことだろう。

　放心状態で電話を切った論馬に、由布院が恐る恐る尋ねてくる。

「ね、ねえ。どうかしたの」

「それが――」

声の震えを抑えることができない。

「原崎さんは、一カ月前に事故で亡くなったそうです」

2

論馬と由布院が富士急行線の富士山駅に到着したときには、既に陽が落ちていた。睦月《むつき》の半ばとなれば日の入りが早いのも当然のことだが、ここは富士山のお膝元だ。周囲を取り囲む連峰も日本最高峰に負けず劣らずの高度を誇る。日の入りを早く感じることに季節は問われない。

この時期の山梨は京都よりもだいぶ気温が低い。

かじかんだ手を握りしめ、腕の時計で時刻を確認すると、あと数分で午後七時になる頃合いだった。論馬は逸《はや》る気持ちを抑え、富士山駅前の大鳥居を見上げている由布院に声を掛けた。

「急ぎましょう。七時を過ぎればレンタカーが借りられなくなります」

「それは困るわね。私も以前、この辺りには来たことがあったけど、車がないとどこにも行けなかったわ」

いつぞやの失敗を思い出したのか、由布院は肩を竦め、キャリーバッグを持つ手を持ち替えて歩き出した。

荷物は論馬を訪ねてきたときと同じものである。由布院の後を追いかける論馬はというと、出先用のボストンバッグを肩に背負っている状態だった。

原崎の訃報を知った二人はすぐさま巳羅大学を発《た》ち、山梨県にあるという天金白山荘を目指して新幹線に飛び乗っていた。

身支度に要する時間はさほどのものではなかった。

由布院は最初からよそ行きのための準備をして京都を訪れていた上、論馬についても、日頃から研究室に泊まり込むことや大学から直接実地調査に向かうことが往々にしてあったため、外泊のための一式を研究室に常備していた。

今回はその習慣が思わぬ形で役に立ったことになる。

京都駅に出て東海道新幹線に揺られること二時間あまり。

途中の新富士駅で降車し、そこから富士山駅行きの路線バスに乗り換え、さらに二時間かけてようやく辿り着いたのがここ、山梨県富士吉田市《ふじよしだ》である。

目的地となる富士河口湖町は富士吉田市の隣町、移動には車が最適だ。

駅前の街道を西に進んだ先にあるレンタカー店舗で、SUVの乗用車を借りる。

スタッドレスタイヤを履かせた四駆車両、降雪地帯では定番と言っていい。

受付の従業員も、予報によると今夜あたり初雪が見られると話していた。

備え付けのカーナビに天金白山荘の住所を入力し、車が走り出したところで論馬はようやく人心地が付いた。

運転席に座っているのは由布院だ。彼女曰《いわ》く、他人にハンドルを預けるつもりは更々ないらしい。論馬は助手席のシートにゆったりと身を預けていた。

軽快にハンドルを捌きつつ、由布院が論馬に話しかける。

「で、それはいったい何なのかしら」

「それとは？」

「眼鏡よ、眼鏡。あなた、出歩くときはいつも伊達眼鏡を掛けてるの？」

「やむを得ない事情がありまして」

論馬はウェリントン型のフレームを指でなぞった。

九年前、岩手でとある事件に遭遇した際に、義兄の秀一から譲り受けた眼鏡だ。度の入っていないレンズは薄いブラウン色を帯びている。これがなければ落ち着いて外も歩けない。目元を和らげなければ、往来ですれ違う子供たちに怖がられ、泣かれてしまうのだ。

「そういえば以前にもこの辺りに来たことがあると言ってましたね」

「ええそうね」

「大学の実地調査か何かで？」

「いいえ。数年前だったかな、高校時代の友人たちと遊びにきたの。完全なプライベートでね」

「観光ですか」

「あれよ、あれ」

と、由布院は前方を指差した。その先へと視線を移した論馬の頰が硬直する。そこには忌まわしき拷問器具の群れが黒々とした影を落としていた。

「――げ」

「絶叫マシン愛好家にとっては富士急ハイランドこそが夢の国なのよねー」

「あ、あんなものが好きなんですか」

歯を鳴らして怯える論馬に、由布院は不思議そうな目を向ける。

「あら、論馬君は絶叫系が駄目な人なの？」

「僕はあの類のものが遊具であるなどとは絶対に認めません」

「情けないわねえ」由布院は鼻で笑っている。

論馬は反論できず遊園地から目を背けて呻くだけだった。

「絶叫系で一番辛いのはゆっくりと最高位にまで登っていくあの時間ですね。氷水に漬けた手で内臓を掴まれたような、あの感覚――うう、思い出したら下腹部のさらに下あたりに寒気が……。ま、まさかこれが音に聞く幻肢痛？」

「別になくなったわけじゃないでしょ、君の三本目の足は」

「さらりと何を言っているんですか」

「現実だって似たようなものよ。喉元過ぎれば何とやら。ある地点を境にして、堰《せき》を切ったように物事が収束へと向かうことなんて別に珍しい話でも何でもないわ。要はその落差を受け入れられるかどうかってことでしょ」

無駄話を交えつつ、街灯に照らされた国道をひた走る。

市街地からはそれなりに離れた場所にまで来ているが、道路沿いには宿泊施設が密集した区域が点在しているため、寂れた空気は感じられない。

そこからさらに二十分ほど車を走らせたところで国道を外れ、車は西湖《さいこ》沿いの道路を進んでいった。

西湖湖畔の北側、そこから一台の車がようやく通れるだけの細い脇道が延びている。

この付近一帯は別荘地になるのか、道の両側には静まり返った無人の居住施設が不均等な間を空けて並んでいた。建物は丸太を積み重ねたログハウスがその大半を占めている。

入り組んだ道を徐行運転で慎重に走っていくと、ようやくそれらしき建物が見えてきた。生《お》い茂《しげ》る木々に紛れて、傾斜の強い切妻屋根が見え隠れしている。

宿泊者用の駐車場に車を停《と》め、論馬と由布院は揃って車を降りた。

駐車場からは舗装された道がまっすぐ森の中へと走っている。脇にあった立て看板によると、天金白山荘はこの道を数十メートルほど進んだ先にあるらしい。

案内に従って木立の間を抜けてみれば、途端に視界が開け、その全貌が明らかになった。

煌《きら》びやかな名前にそぐわず、天金白山荘は至って普通の民宿だった。

南向き二階建ての日本家屋で、張り出した玄関の軒先には、金文字で記された『天金白山荘』の看板が高々と掲げられている。

年季の入っていそうな白壁はくすんだ色合いをしており、所々で塗料が剝がれかけていた。平入りの木造家屋となっているため、正面からは横に広い建物に見える。

二階が宿泊者向けの個室になっているようで、格子が入ったいくつかの窓が均等の横幅で取り付けられていた。客入りはお世辞にも盛況とは言えなかった。客間のうち、明かりが灯っているのは僅かに一つだけだ。

「写真で見るよりもみすぼらしい感じじゃね」

「まあそう言わないでください。これはこれで趣があるんですよ」

不満げな由布院を論馬はやんわりと宥《なだ》める。

「例えば屋根の構造一つとっても、建築史学をかじっている僕からすれば立派な研究対象です。降雪地帯では大抵の場合、急勾配の切妻屋根が採用されますが、特に山梨の伝統的な農家においては甲州造に代表される茅葺《かやぶ》きの切妻造が集中することで知られています。もっとも、同じ切妻造でも天金白山荘の屋根は銅葺きのようですが」

「屋根の傾斜角度を大きくすれば積もる雪の量も減らせるし、雪の落下位置も限定させることができるってことね。白川郷《しらかわごう》や五箇山《ごかやま》の合掌造りなんてその最たるものだろうし」

「四方向に傾斜を持つ寄棟造《よせむね》の屋根も雨量や雪量を分散させられるので有効です。現代の寒冷地において、屋根については錆《さ》びにくいガルバリウム鋼板が建材として使われることが多いといいます」

「寒冷地ってことは北海道や東北でも？」

「概《おおむ》ね同じですが、内地と違って潮風に吹かれる日本海側の地域では塩害による腐食も考慮せねばなりません。そのため金属屋根ではなく瓦屋根が採用されることも珍しくないですね」

「さしずめ建築の適応放散《てきおうほうさん》ってところかしら」

「適応放散？」

「生物の進化のことよ。起源を同一にする生物群が異なる環境に適応して、生理的または形態的に分化すること、それが適応放散。エクアドル共和国のガラパゴス諸島に生息するフィンチというスズメ目の小鳥がいい例ね。同じフィンチでも嘴《くちばし》の太さや長さ、形状といった特性が島ごとに異なっていることを発見したのは、イギリスの博物学者チャールズ・ダーウィンだった。彼はその発見から進化論の着想を得たというわ。日本でも、列島から千キロ以上離れた海上に位置する海洋島『小笠原《おがさわら》諸島』に生息する生物や植物が高い固有種率を示しているの」

「なるほど、それで建築の適応放散ですか」

素直に感心する一方で、

「面白い考えですが、あくまで気候やその土地固有の風習などに起因した、建材や形状の変化の域に留《とど》まるでしょう。実際のところ、様式としての日本建築の変遷は生物の進化ほど多様なものではありません」

論馬は天金白山荘を指差しながら説明する。

「水平状になった屋根の頂部が棟となりますが、切妻屋根とは棟から二方向に屋根が流れている形状のものを指します。本を真ん中で開いて伏せたときのような、三角形ないし山形ですね。また、棟を短くして四方向に屋根を流すのが寄棟《よせむね》屋根です。屋根の『妻』の部分、つまりは棟の両側の面も覆うことができるため、切妻屋根よりも雨風への耐性において優れていることが特徴です。あまり一般的ではありませんが、寄棟屋根と似た形状に、方形屋根《ほうぎょう》というものがあります。四角錐《すい》の形状をしているため、ピラミッド型という呼ばれ方もされていますね。そのほかにも、傾斜のない平坦な屋根を陸《ろく》屋根、切妻と寄棟を組み合わせた入母屋《いりもや》屋根、切妻屋根を半分にしたような片流れ屋根などがありますが、これらはすべて切妻と寄棟の派生と見なすこともできる。事実、日本建築においては専ら切妻と寄棟がその大半を占めているんです」

「それは日本の土地柄というか、気候に理由があるんじゃない？　東北や中部に限らず日本全体でも、年間の降水量は世界水準の二倍近くだというし、雨や雪が自然に流れ落ちる形状になることは必然だったはずよ」

「むしろ機能性については、雨風を凌《しの》ぐこと以外に興味がなかった節さえあります」

「どういうこと？」

「伝統的な日本建築から建具を取り払ってしまうと、後には柱と屋根しか残らないんですよ。夏季の蒸し暑さを避けるため、風通しの良い構造が好まれたことも理由の一つでしょうが、ここには日本人独自の建築観が反映されているんです」

「大方察しは付くわ」

由布院は悪戯めいた笑みを浮かべた。

「謙虚、誠実、奥ゆかしさ。日本人が自らを美化するときの常套句《じょうとうく》ね」

「西欧の建築観が自然への抵抗だとすると、日本は自然との調和と言えるでしょう」

論馬は由布院の言葉の棘《とげ》に気付かなかった振りをして続けた。

「大陸の建築に巨大さや量感が求められたことは事実です。ですが西欧はもちろんのこと、何百年にも亘って直接文化を輸入し、多大な影響を受けてきたはずの中国とでさえ、建築の面において日本は一線を引いています」

建築の世界ではよく『日本は木の文化、西洋は石の文化』という表現が用いられる。要は木造建築に対する石造建築だ。

日本ではヒノキを始めとして、耐久性、加工性、そして何より木の肌の美しさに秀でた木材を豊富に採取することができた。

木材は柱となり、また、屋根や棟の重さを柱に分散させるための梁《はり》となる。間を空けて配置される柱によって日本建築では開放的な空間が演出されることになる。

一方、石造建築では、積み上げられた石が高い壁を形成し、仕切られた空間は閉鎖的な印象を醸し出す。こうした背景から『日本は柱の文化、西洋は壁の文化』と形容されることもある。

「調和が重んじられるのは建物だけでなく庭園についても同じよね」

「日本の庭園とは、言うなれば自然の再現です。いかに自然の景色と融《と》け合わせるか。いかに自然の美しさを損なわせないか。それに対し、イランのエラム庭園やシャーザデー庭園に代表されるペルシア式庭園では人工的な美しさが好まれました。大規模な水利構造と幾何学的配置。ここには水を支配したいという欲求が現れていると考えられます」

「なるほどね。そもそも文明の興りだって治水に始まっているわ。かつての大陸において支配階級の条件とは水を統べることと同義だった。水、つまり自然を支配下に置きたいという本能が、庭園観や建築観に影響を及ぼしていったとしてもおかしくないでしょうね」

「一方で、日本の庭園観では水を支配するのではなく、自然のままを再現することに重きが置かれた。興味深いことに、自然な水の流れは日本における建築様式の広がり方にも通じている傾向があるんです。水が上から下に流れていくように、そして水面に波紋が広がるように。建築様式もまた、上層階級から下層階級へと普及していき、中央政府から同心円的に地方へと伝播していきました」

「謙虚さの裏に潜む、権力への服従性。変わらないものね、今も昔も」

善いか悪いかは別として、と由布院は肩を竦めた。

「日本国内での大規模な民族移動は、およそ二千年前には終わりを迎えている。日本人としての精神的統一が進んだ代償として、権威に弱く保守的な民族性も代々受け継がれることになったのね。建築様式といえど、その影響下からは逃れることができなかったみたい」

「ええ。最初に言ったように日本建築の様式は驚くほど画一的です。ですが悪いことだけでもないんですよ。画一的な建築観を共有していたからこそ、多くの建造物が守り抜かれてきた歴史がある。世界最古の木造建築を有していることが何よりの証拠です。反面、民族性に連なる美意識にひずみが生じれば、文化財は途端に脅威に晒されます。現にシリアやアフガニスタンの内戦では学術的価値の高い遺産が数多く逸失してしまいました」

「だけど日本でも似たような危機に見舞われたことがあったんじゃないかしら」

「明治政府による廃仏毀釈《はいぶつきしゃく》ですね」

論馬は渋い顔で呻いた。

「あれは天災の域に達していました。発端は明治政府による神仏分離令ですが、その目的は江戸幕府の否定と、神道国教化による国家の統一にあったと言われています。ですが、神仏分離令を仏教の淘汰《とうた》と曲解した藩主たちを筆頭に、やがて全国的な寺院仏像の破壊運動へと発展していきました」

その結果、全国の寺院の約半数が廃寺となり、破壊された仏像に至っては正確な数さえ分からないという惨劇が繰り広げられることとなる。

「明治政府は仏教文化を破壊するよう扇動したわけじゃなかったけど、率先して諫《いさ》めることもしなかった。というより、政府でも手の施しようがなくなったから黙認せざるを得なくなったのね」

「廃仏毀釈は日本人の民族性が裏目に出てしまった例の最たるものでしょう。それでもこの国を諦める理由にはならないと思います。廃仏毀釈で文化財を破壊したのは日本人でしたが、文化財を守ろうとしたのもまた日本人でした。僕はそこに意味があると信じていますから」

「何だか希望めいたことを口にしてるけど、君が言うとまったく説得力がないのよね」

目が口ほどに夢と希望を語ってないのよ、と由布院が気の毒そうな顔で言った。

「怒りますよ、さすがに」

「ええっ、それで怒ってないの？　そんな殺気立った目付きをしてるのに？」

本気で愕然としている由布院を前に、論馬は怒るだけ無駄だと悟る。

無言で天金白山荘へと歩き出した論馬の後ろを、

「ごめんごめん。何だったら瞼《まぶた》を二重にするプチ整形でもしたら？　腕の良い医者を紹介するけど」

到底謝罪とは思えない言葉を口にしながら付いてくる。余計なお世話だ。

「――でも、ここまでの会話の中で一つ、思い付いたことがあるわ」

論馬の背後で、由布院は自らに言い聞かせるように呟いていた。

「日本人ほど画一化された建築観を持った民族は世界的にも珍しい。かつての人々がそれをどこまで自覚していたのかは分からないけど、後の世代が守り抜いてくれることを信じて、時の有力者が建てた建造物もあったかもしれない。実際に守り通された寺院や仏像もあるわけだし。そうだわ、たとえ日本建築の様式に迎合しない異端の文化だったとしても、表面上で日本建築を装っておけば遥か先の未来まで遺される可能性は十分にある。そしてその建造物が今も残存しているとしたら――

それはいったいどこに隠されているのかしら……」

3

論馬と由布院は天金白山荘の玄関の前に並び立った。

玄関扉は両引っ込み戸で、伝統的な木造吹抜《ふきぬけ》格子戸のデザインだった。

格子の隙間からは肌色の暖かい光が漏れ出ている。論馬は眼鏡を外して胸ポケットに仕舞うと、燈台《とうだい》の灯《あか》りに引き寄せられる冬の虫のように引き戸へと手を伸ばした。

次の瞬間、

――おや、あれは。

扉越しに数名の人だかりが影絵のように浮かび上がる。論馬の目と鼻の先で、内側からがらりと扉が開かれた。

「――こ、こんばんは」

先頭で出てきた眼鏡の中年男性を前に、たじろぎながらも論馬が声を掛けると、

「………」

男は何の返事も寄越さないまま、じろりと論馬を一瞥《いちべつ》しただけでさっさと歩き去ってしまった。

次に出てきた長身の男は、由布院の存在に少しだけ驚いた様子を見せたが、論馬には一瞥さえしなかった。三人目はやや年齢が高めの女性だったが、どこか焦点の合わない目をしていたため、論馬たちの存在に気付いたのかどうかさえも分からない。四人目は論馬とそれほど年齢の変わらなそうな男だったが、終始俯《うつむ》き加減だったので、こちらもこちらで論馬たちに気付いているとは思えない。

結局、その四人とは一言も挨拶を交わすことなく、茫然《ぼうぜん》と立ち尽くすだけの論馬は完全に蚊帳《かや》の外へと放置されていた。

隣で論馬の醜態を眺めていた由布院が、

「あのさ論馬君。あなた、いったい何がしたかったの？」

「ぼ、僕はちゃんと大人の対応をですね――」

弁明する論馬を由布院は痛烈に斬り捨てる。

「もはや同じ血の通った人間だと思われてないんじゃないかしら。『ウォーキング・デッド』か、甘く見積もっても『ウエストワールド』ね」

「僕は死人や人造人間と同じ扱いなんですか」

「そうよ。あなたに人権はないの」

「はあ?」

なぜそこまで言われねばならないのか。人畜無害を誇りとする論馬でさえ、とうとう我慢の限界が訪れようとしていた。

こんなに頭にきたのは、かつて人形の隣に置かれて写真を撮らされていたと知ったとき以来だ。

どうやら論馬は、モノ扱いされることだけはどうにも我慢できない質《たち》であるらしい。遅蒔《おそま》きながらにようやく自覚した。

「あ、あの……」

二人が火花を散らし始めたところで、屋内にもう一人だけ残っていたことにようやく気付く。

五人目は小柄な女性だった。

年齢も若そうだ。大学生か、もしかすると高校生かもしれない。

少女は足を怪我しているようで、両手で松葉杖《まつばづえ》を突いていた。随分と顔色を悪くしていたが、透明感のある声と楚々《そそ》とした佇まいには好感が持てた。粗野で粗暴などこかの狼女とはえらい違いだ。

「すみません、そこを通してもらえませんか」

論馬と由布院が真っ向から睨み合いを始めていたので、彼女は割って入ろうにも入れない状況だったらしい。

「どうぞお通りください」

「転ばないようにね」

向かい合ったままの二人の間を、女性は居心地悪そうに通り抜けていく。

きっと金剛力士像の阿形《あぎょう》と吽形《うんぎょう》に挟まれた法隆寺中門《ほうりゅうじちゅうもん》を潜り抜けるときにも似たような感覚に陥るのだろう——と、思っただけでどんな気分かは知らないが。

「ねえ待って」

論馬たちの間を通過するや否や、明らかに加速を試みた少女の肩を由布院が摑んだ。

「な、何ですか」

女性は論馬たちから完全に視線を外していたが無理もない。

そこにいるのは、目を合わせた者すべてを奈落に引き摺《ず》り込むような垂れ目の男と、目を合わせた者すべてを凍土に吹き飛ばすような吊り目の女だ。自分で言っていて悲しくなるが、事実は事実だ。

「あなたたちは天金白山荘の宿泊者なの？」

「そうです。私と、先に行った四人も同じ団体客です」

「この宿のご主人はひと月ほど前に亡くなったそうだけど、もう営業を再開しているのね」

すると女性の表情が一変した。

血の気が一気に失せて、元々良いとは言えない顔色が一層悲惨なものになる。そのまま卒倒するのではないかと論馬は本気で心配になった。

「――さあ、理由は分かりません」

それだけ言うと、女性は肩に置かれた由布院の手を払い、足早に立ち去っていった。払いのけられた手を擦《さす》りながら、由布院は凄絶《せいぜつ》な目で女性が消えた方角を睨む。

「彼女、何か隠してるわね。問い詰めてみようかしら」

「やめましょうよ」論馬は少しだけ声を張り上げると、

「僕たちの目的は別にあるはずです。今は一刻でも時間が惜しい」

「君は気にならないの？」

「彼女はともかくとして、ほかは松葉杖の女の子を一人放り出して先に行ってしまうような連中ですよ。関わり合いにならない方が賢明です」

「冷静ね」

まあいいわ、と由布院はあっさり牙を引っ込めた。

「でも一応先に言っておく。あの子たちとは嫌でも関わり合いになるでしょうね」

「何を根拠にそんなことを」

「勘よ」由布院はにこりともせずに即答した。

「軽く見ないことね。私の勘は必ず当たるの」

「それはまた、大きく出ましたね」半笑いで応じると、

「頭の片隅には置いておきましょう」

そう言って論馬は天金白山荘の敷居に足を踏み入れた。

「こんばんは、どなたかいらっしゃいませんか」

玄関の奥に呼び掛けると、ほんの少し間が空いた後、「今まいります」という返事が耳に届く。

続いて正面に続く廊下の奥から、和服装いの女性が姿を現した。

「あら。お二人はもしかして、先ほどお電話をいただいた――」

「由布院蘆花です」

「不結論馬と申します」

二人が名乗ると、女性は玄関先で膝を畳み、しゃなりとした動作で頭《こうべ》を垂れる。

「本当においでになったのですね。遠いところ、ようこそお越しくださいました。私は原崎鈴江《すずえ》と申します」

女性は名乗りと共に面《おもて》を上げた。

天金白山荘のホームページに掲載されていた写真で面貌は見知っていたが、化粧のためかまるで別人に見える。白髪の一本も混じっていない黒髪は頭の後ろで結わえられ、紅色の簪《かんざし》で留めてあった。

しかし伴侶を失った心の傷はまだ癒えていないらしい。そこには写真で見た笑顔はなく、化粧でも誤魔化しきれていない目の隈《くま》とこけた頬から、決して穏やかではない心中のありさまが滲み出ている。

鈴江と名乗った女性はじっと論馬の顔を見上げていたが、不思議そうな面持ちで立

ち上がると、

「えっと、あなたが不結論馬さんですか」

「はい。生前の功一朗さんにはとてもお世話になりました。だいぶ遅くなってしまいましたが、お悔やみを申し上げます」

「もったいないお言葉です。主人と懇意にしていただいていたようで、私の方こそお礼を申し上げたいくらいです」

鈴江は懐かしむような目で言った。意図しているのかいないのか、過去形になっていることに論馬は一抹の寂しさを覚えた。

「もう何年も前ですが、論馬さんのことは一度だけ主人が話してくれたことがあります。私たち夫婦に子供はいませんが、もしいたとしたらきっと同じぐらいの年だろうと。最近になって、ようやく養子縁組を考えてみようかと話し合っていたところだったんです。近くの児童養護施設から身寄りのない子どもを引き取ることも検討していました。なのに突然――」

感情が込み上げたのか、鈴江は言葉に詰まる。

「すみません、お辛いことを思い出させてしまったようで」

「いえ。主人はこの山荘のことも心から大切に思っていました。もし自分が先に逝っても、できる限り経営を続けてほしいと冗談のように言っていたのですが、まさか本当に」

遺言になってしまうとは、と鈴江は目尻を拭った。

「ですが、生前の主人について思い出を分かち合える方がいてくれた。それだけで救われます」

どこか安堵したような鈴江の表情を見て、これだけでも遥々《はるばる》京都から来た甲斐《かい》があったと、論馬は穏やかな心地に包まれる。

鈴江は亡き主人の遺志を継いで、天金白山荘の経営を続けていく覚悟を決めたのだろう。由布院は訝《いぶか》しんでいたが、一カ月間の喪が明けてすぐに営業が再開された背景には、羨《うらや》むべき夫婦の絆《きずな》があったのだ。

「この山荘はずっとご夫婦だけで経営されていたんですか」

「はい。元は別荘用として主人が買い付けた物件でした。それを彼の意向で十数年前に宿泊用施設に改築したのです。かねて主人は山荘の経営に興味を抱いていたのですが、現役を退くまでは何かと本業の方が忙しかったようでして」

「ご主人は登山家で、山岳信仰の研究家だったとネットで拝見しましたが」

事前に仕入れた情報を由布院が口にすると、

「そうです。専ら山登りのガイドや、全国各地の山岳、特に富士山に纏《まつ》わる学術書の執筆などで生計を立てていました」

「それです」由布院は目を光らせると、

「私たちの当初の目的は、原崎功一朗さんの研究について彼自身の口からお話を伺うことにありました。ですが今日、当のご本人が亡くなられたことを聞き、目的を変更して彼が遺した資料の中に何か手掛かりがないか、直接探しに行くことに決めたんです」

「それほど重要な研究だったのですか……」

由布院の熱量にも、鈴江は煮え切らない反応を浮かべている。

「すみません。主人の研究については最期まで——いいえ、今もですね。結局私には理解することができなかったんです」

「そんなに複雑だったのですか」

思わず論馬が口を挟むと、鈴江は首を傾げた。

「複雑というか、なぜそれを、という疑問ですね」

鈴江は本当に言葉に困っているようだった。

「こればかりは直《じか》に見ていただいた方がいいのかもしれません。どうぞ中へお入りください。研究用の資料や文献はすべて、主人の書斎に置いたままになっています。ご案内しましょう」

鈴江に促された二人は室内履きに履き替え、天金白山荘の奥へと上がり込んだ。

原崎の書斎は二階にあるらしい。突き当たりにある階段を上ると、一段と照明が薄暗くなった踊り場に出る。

踊り場からは廊下がまっすぐに延びており、床を隔てて客室の扉が向かい合っていた。外から山荘を見たときに薄々察していたが、宿泊客の気配はまったくと言っていいほど感じられない。だからこそ、先ほどの奇妙な団体客が余計に印象に残ってしまう。

「そういえば、先ほど玄関口で団体さんとすれ違いましたけど、あの人たちはどこに泊まっているのでしょうか」

「この天金白山荘から少し離れた場所に小さなログハウスがあります。今は空き家になっていて客室としては使用していなかったのですが、皆さんにどうしてもログハウスに泊まりたいとせがまれたので、やむなくお貸しすることになりました」

「妙ですね。客室はむしろ余っているというのに」

「私も同じことを言ったのですが、どうしてもアウトドアを満喫したいと押し切られてしまいました」

「それも変ね」と由布院。

「アウトドアを楽しみたいなら普通にキャンプ場に泊まればいい。特に富士五湖の周辺なんて、探せばいくらでもあるでしょうに」

「同感です」論馬は頷くと、

「それに、見た目でどうこう言いたくはありませんが、到底アウトドア派とは思えない方が多かった気がします」

「自分のことを棚に上げてよく言うわね。アウトドア派とは思えない見た目っていうなら、論馬君だって負けてないわよ」

「僕のことはいいでしょう、僕のことは」

「あの」鈴江が遠慮がちに声を掛ける。

「お二人はその、どういったご関係なんですか」

「今日会ったばかりの知り合いです」

「そしてもう会うことはないでしょうね」

論馬と由布院が口ぐちに答えると、鈴江はますます面食らったようだった。

「こ、込み入った事情がありそうですね……。深入りはしませんのでご安心ください」

「深入りするほどの仲なんてありません」とは、二人が同時に言い放った言葉だった。

話を切り上げた方がいいと悟ったのか、鈴江はそそくさと廊下を進むと、最奥にある扉へ二人を誘った。

「こちらが主人の書斎でした。今明かりを点《つ》けますので」

鈴江はそう言ってドアを引いた。室内灯を点け、論馬たちを中へ招き入れる。

部屋に踏み入った論馬は予想外の光景に息を呑んだ。

「雪山……いや、違う」

「ピ、ピ、ピラミッド。それもただのピラミッドじゃないわね。エジプトの首都カイロに君臨する巨大建造物――」

『ギザの大ピラミッド』

由布院もそれから目を離せないでいる。

普段、写真や教科書で目にしているような大ピラミッドではない。天頂だけが黄金色の輝きを放ち、それ以外の表面が純白に彩られたピラミッド。その全貌を描いた一枚の油絵が、堂々と正面の壁に飾られていた。

ピラミッドから連想される階段状の構造とは大きくかけ離れており、その滑らかな側面は雪化粧が施された大山の峰を思い起こさせる。

この瞬間、論馬は宿の名前の由来を悟った。

天頂に黄金を戴《いただ》く白い山で『天金白山』。

論馬は一つの謎が氷解するのを感じながら、また別の謎に悩まされ始めていた。

世界有数の建築物であるピラミッドは確かに建築史学の原点であり、論馬の専門とする分野でもある。

しかしなぜ、ここでピラミッドが出てくるのか。

論馬は部屋中に散乱した本の山と向かい合う。

「これ、どこから手を付ければいいんでしょうか」

「参考書や他人名義の論文はできるだけ省いて、原崎さんが自身で執筆した本やレポートを中心に調べていくしかないでしょうね」

「はあ……」

長い夜になりそうだと肩を落とす論馬に、何かご入用でしたら遠慮なく言ってください と言い残して鈴江は去った。

壁際の窓から外を窺うと、いつの間にか雪が降り出していたようだった。

地元民の言葉が正しければ、富士河口湖町では今年初めての雪となる。この勢いならば明日の朝までにはだいぶ積もっているだろう。

壁の時計を見ると時刻は午後八時十分を過ぎたところだった。どれだけの作業になるかは未知数だが、徹夜は必至かもしれない。

論馬は気を奮い立たせ、最初の一冊を手に取った。

＊

異様な臭いが論馬の鼻を掠めた。

室内に充満していたのか、鉄錆《てつさび》を思わせる生臭い風がログハウスの中から一気に流れ出てくる。事態は明白だった。

過剰とも言える死体の演出は、目撃者の視線を一挙に集めるのに実に効果的な役割を果たしていた。

不謹慎な表現だが、猟奇的犯罪をある種の芸術だと例えるなら、これは独立してその美しさが際立つ作品であると言えるだろう。

彼ら彼女らは、互いに折り重なるようにして倒れていた。

ここには死体の山が築かれている。死体を建材とした山《ピラミッド》が。

そして——驚くべきことに——死体の山から流れ出ている血液は乾いておらず、むしろ瑞々《みずみず》しいまでの光沢を湛《たた》えていた。

積み重ねられた死体を中心に、じわりじわりと血の染みが広がっていく。山《ピラミッド》の傍らを流れる鮮血の大河《ナイル》は、今この瞬間にも床を赤く染め続けているのだ。

死んだのは数時間前や数十分前の話ではない。

数分前、下手をすれば数十秒前か。

ありとあらゆる情報がスローモーションで動いていた。

鮮烈な赤色に視神経を切り裂かれてから、やけに頭がぼうっとする。だが思考が止まっているのではない。逆だった。論馬自身の意識を離れて、思考回路だけが独りでに暴走している。

このままでは取り返しのつかないことが起きると、頭の中で警鐘が鳴り響いていた。

既に血は流れてしまっているのに、これからとはどういう意味なのか。

その答えに辿り着くのがもう少しだけ早ければ。

明暗を分けた一瞬を、論馬は一生後悔することになる。

4

惨劇から一時間ほど前のこと――。

天金白山荘の書斎にて、眼鏡を外した論馬は疲れた目を擦《こす》ると、椅子に座ったまま大きく伸びをした。

最初の資料を手にしてから今に至るまで、どれだけの時間が経ったのだろうか。

窓越しに見える空は既に白み始めていたが、連峰に囲まれた天金白山荘から日の出を拝むことはできない。その代わりに、ひと際高い富士山の頂が朝靄《あさもや》に白く浮かんで見えた。

昨晩からの降雪は日付をまたいで数時間前に止んでいたが、見事に冠雪した山頂は万年雪の名に恥じない威厳を保っている。

ぼんやりと山頂を眺めていると、背後で扉の開く音がした。

「あら、まだ起きていたの」

仮眠を取っていた由布院が書斎に戻ってきたようだ。論馬は首だけ後ろに回すと、

「ええまあ。考え事に没頭すると、寝つきが悪くなりません？」

「それは私もだけど、少しくらい君も休めば良かったのに。せっかく――」

「その先は言わなくていいですよ」

論馬は目で資料の束を示す。

「既に答えは導き出したのだから――でしょう？」

「ええ。ひと晩掛かったけど、引き換えとして日本最高の謎に答えを見出せたんだから、むしろお釣りがくるわね」

由布院は上機嫌だった。書斎の中央に置かれていたソファに腰を下ろし、悠然と足を組む。

「それにしても驚いたわ。

まさか日本の象徴でもある富士山の起源が――遥か一万キロ近く離れたエジプトの聖遺物――ギザのピラミッドにあったなんて」

「より正確には、富士山はギザの大ピラミッドの投影であるということですね」

論馬は壁に掛けられた白いピラミッドの絵を仰いだ。

「現代の建築史学では、大抵の場合、建築の始まりはピラミッドにあるとされます。つまりピラミッドの成り立ちを知ることがまず建築史を学ぶ上での第一歩となる。ピラミッドが造られた時代背景や建築技術については僕にもそれなりの知識がありましたが――この可能性には思い至らなかった」

「そこは素直に私のおかげって言ってほしいんだけど」

由布院は意地の悪い笑顔を浮かべている。恩着せがましい態度だが、事実、面と向かって否定することはできなかった。それだけ彼女の貢献は大きかったからだ。

「――確かに、由布院さんの歴史学に対する博識ぶりには驚かされました」

「何だか上から目線になってない？」

「気を悪くされたらすみません。ですがこの分野の第一線は兄だと思っているので」

「あなたたち、仲は悪い癖に能力は認め合っているのね」

由布院はお手上げというような仕草で、

「君は知らないかもしれないけど、私はそのお兄さんの後継者とも呼ばれているのよ」

「東京の大学で准教授を務めているというお話しか聞いていませんでしたが、由布院さんの専門も東洋史なんですか」

「私の場合はもっと広いわね。東洋も西洋も、私にとっては等しく研究対象と成り得るわ。意外かもしれないけど、学生の頃は日本の民俗学や言語学を学んでいたのよ」

日本人離れした外見を踏まえての台詞だろうが、むしろ論馬は「ああ、道理で」と納得さえしていた。

「やけに日本古来の歴史書や風俗に詳しいと思っていましたが、なるほど、そういう経歴でしたか」

「論馬君には承知のことかもしれないけど、日本文化の起源は、もとを正せば大陸由来であることがほとんどなのよ。だから私の研究対象も日本国内から中国、中東、さらには欧州までどんどん西に拡大していった。あなたのお兄さんから自分の研究室に入らないかと誘われたのも、ちょうどそんな頃だったわね」

「由布院さんにとってはある意味、原点回帰なのでは？」

「どうかしらね」由布院は悩ましげな顔で首を捻《ひね》った。

「確かに私の身体の四分の一はスペイン人だけど、前にも言った通り日本生まれの日本育ちだもの。帰巣本能ってこともないと思うけど」

「本能が理性の対極に位置するものだとすれば、そもそも自覚することが不可能なのではありませんか？」

「――ええ、そうね」

由布院の論馬に向ける視線が僅かに険しくなった。

「まあいいわ。この話はいったんここまで」

由布院は手を叩いて会話を仕切り直す。

「振り返りも含めて、いったんこれまでの話を整理してみましょうか」

そう言って立ち上がった彼女は、机の上にある資料の山からまず、富士山の語源について記述された数枚のレポート用紙を取り上げた。

「富士山に纏わる謎は無数に存在するけど、その最たるものが『富士山』という名称の由来ね。フジという言葉がそもそもどこから来たのか、その答えについて記された文献は今なお発見されていない。どうやら富士山の山岳信仰を研究していた原崎さんも、当初はその壁に阻まれていたようね」

「既存の説で有力視されているものとしては、アイヌ語で火の山を意味する『フンチ』が変化してフヂになったとする説や、永遠に命の尽きない山であるという『不尽』――これらの語源は、遥か古代から富士山の活発な噴火活動があまねく知られていたことを根拠としたものでしょう。また、藤の花が咲き誇る山で藤山とする説、並ぶものがないほどに美しい山であることから導き出される『不二』であったり、はたまた中国の神仙思想を引き合いにした不老不死の『不死』であったりと、語源の候補は両の手では数えきれません。ですが――」

「フジという発音が前提にあったとして、『富士』という文字が宛てがわれた理由についてならば、信用に足る資料がある。それが九世紀中頃に編まれたという『富士山記《ふじさんき》』ね」

富士山を主題として語られた最古の文献とは何か。

その問いに対して真っ先にその名が挙がるのが、平安時代の貴族にして文人であった都良香《みやこのよしか》が記したという『富士山記』だ。その一節には、はっきりと『山を富士と名づくるは、郡の名を取れるなり』と記されている。

論馬は由布院の指摘に頷くと、

「七世紀、富士山が聳える一帯は朝廷によって駿河国《するがのくに》と命名され、駿河国はのちに志太《しだ》郡・益頭《ましづ》郡・有度《うど》郡・安倍《あべ》郡・庵原《いはら》郡・富士郡・駿河郡の七つの郡に分けられたと伝えられています。富士の由来は、この富士郡であるというのが現代の定説となっているようですね」

「ええ。さらに富士郡の『富士』という字については、和銅六年――七一三年に発布された勅令『好字二字令《こうじにじれい》』によって選定されたと考えられているわ」

『好字二字令』の正式な名称は『諸国郡郷名著好字令《しょこくぐんごうめいちょこうじれい》』であり、縮めて『好字令《こうじれい》』と呼ばれることもある。読んで字のごとく、全国各地の地名を二文字の好字――良い字に統一せよという命令だ。

好字二字令に先駆けて、七〇一年に大和朝廷《やまとちょうてい》は中央政府への集権化を目的として『大宝律令《たいほうりつりょう》』の制定を行っていた。その一環として日本国内を再編成するために定められた制度が『国郡里制《こくぐんりせい》』である。

日本は畿内と七道に分けられ、その下に国・郡・里が置かれることとなった。国の統治者は国司と呼ばれ、中央から派遣された官僚が直々に領土の統治に当たっていたが、郡と里の統治者については地元の権力者の中から選ばれていた。

「国郡里制が敷かれた当時、富士山が聳えていた一帯は駿河国富士郡の領土に相当していたということね」

「さらに駿河国周辺からは四世紀頃のものと思われる前方後円墳が発掘されています。前方後円墳とは朝廷を支配していた王の墓であり、朝廷と同盟関係や主従関係にあった地方の豪族にも築造が許されていたといいますから、この時点で大和朝廷の勢力は駿河国にまで及んでいたはずです。ところが――」

論馬は机の上に置かれていた『古事記《こじき》』と『日本書紀《にほんしょき》』の現代語訳に手を翳《かざ》した。

「日本最古の歴史書とされる『古事記』と『日本書紀』、そのいずれにも富士山の名はまったく出てこないそうですね。それも周囲の山々から隔絶した国内最高峰として、既に名実ともに地位を確立していたにもかかわらず。この事実は富士山に纏わる最大の謎とも言われています」

「古事記と日本書紀に記された歴史上の出来事が西日本を中心に起こっていたから、という反論もあるけど、記紀には景行《けいこう》天皇の時代に日本武尊《やまとたけるのみこと》が東征に向かった逸話が記されている。西から始まって、現代の愛知県西部に当たる尾張国《おわりのくに》、静岡県に当たる駿河国、そして神奈川県に当たる相模国《さがみのくに》と、東に進んでいった様子が鮮明に記録されているわ。これで富士山が目に入らなかったというのは無理がある。明らかに意図的に伏せられているわね」

「記紀に無視された一方で、同時期に編纂《へんさん》されたほかの文献には、フジやフジに類推される言葉が数多く見つかっているようです」

七五九年頃に成立したとされる『万葉集《まんようしゅう》』には、山部赤人《やまべのあかひと》が詠んだ歌の中に『有布士能高嶺《なるふじのたかね》』や『不盡能高嶺《ふじのたかね》』という表現が認められるほか、七一三年に編纂されたという『常陸国風土記《ひたちのくにふどき》』では『福慈岳《ふくじのだけ》』という言葉をもって富士山が形容されている。

「不可解なのは、当て字が何であれ『フジ』という発音を伴った山という括《くく》りでさえ、該当する記述が記紀にはいっさい存在しないということですね」

「公式の史書に初めて『富士山』が登場するのは、平安初期の七九七年、菅野真道《すがののまみち》らによって編まれた『続日本紀《しょくにほんぎ》』における一文だとされているようね」

続日本紀にある記述は次の通り。

『天応元年、秋七月（中略）癸亥、駿河国言、富士山下雨灰、灰之所及木葉彫萎』

現代語に変換すれば『天応元年（七八一年）七月、駿河国の報告によれば、富士山が噴火して灰が雨のように降り注ぎ、灰が積もった地域の木々は枯れてしまった』とでも訳せるだろう。しかしこれ以上の詳細な記述は存在せず、噴火の規模や様相は不明であるとされている。

「つまり八世紀末までの日本では『フジ』という言葉は国書には決して載せることのできない、忌み名とされていたのではないか、ということですね」

「古事記も日本書紀も、その究極の目的は天皇に連なる法治国家の正当性を主張することにあった。それを踏まえて考えると、『フジ』という言葉は、大和朝廷の権威を根本から脅かしかねない禁句だったことが窺えるんじゃないかしら」

「ええ。そして原崎さんは、その答えが外来の存在――ギザの大ピラミッドにあるのではないかと考えたようですね」

そこで論馬の目から一段と生気が失われた。

「ただ、原崎さんが遺した文献にはここまでしか記載がなかった。いくら机や本棚を漁っても、大ピラミッドと富士山を直接結び付ける証拠は見つかりませんでした。どうやら研究の要の部分については、記録を残していなかったようですね」

「そこからは手探りだったわ……」

　思い出したくもない、と由布院も虚《うつ》ろな顔で呟いた。

　エジプトのカイロ西方に位置するギザには、紀元前二六五〇から二四五〇年頃の第四王朝時代に建造されたという三つのピラミッドが並び立っている。

　それぞれクフ王、カフラー王、メンカウラー王のために建てられたピラミッドだが、とりわけ第四王朝の二代目王であるクフのピラミッドは一個平均で約二・五トンに及ぶ重さの石材を実に二百万個以上積み重ねて築かれており、その唯一無二の存在ゆえ『大ピラミッド』の異名で称《たた》えられ、常に人々の関心を惹《ひ》き付けてきた。

　底辺二三〇・四メートル、高さにして約一四六・六メートルという、ピラミッド群の中でもまさに破格の規模。

　大きさだけでなく設計についても目を見張るものがあり、底辺はきっちり東西南北軸に揃えられ、辺の長さもほぼ等しくなっているほか、側面を真正面に捉えたときに綺麗な正三角形に見えるよう、地表から五一度五二分の勾配で傾斜させられているという。ピラミッドが建造された背景には高度な測量技術の存在が窺える。

　これらは現存する大ピラミッドの輝かしい特徴だが、中世の時代に失われた、もう一つの輝きがあったことはあまり知られていない。

「ピラミッドの建造方法については不明なところが多く、正確なことはまだ判明していません。一説には、ギザの地から三百メートルほど南に下ったところにある採石場で切り出した石材を木製のソリに載せ、テコとコロを利用してエジプトを縦断する大河『ナイル川』の川岸まで運ぶ。そこで石材を筏《いかだ》に積み替えてギザ付近まで川を下り、再びソリに石材を積み替えて建造現場まで引いていく――といった方法があります。実際に石材を積み上げるときは、盛土あるいは日干しレンガの層で傾斜のある足場を築いておき、その上をソリを引きずりながら登ることで上層へ石材を運んでいたと考えられています。傾斜路の形状にも諸説があって、一方向に緩やかな斜路を築いたとするものや、ピラミッドを取り巻くような螺旋《らせん》状に設計していたと唱える説もある」

「いずれにせよ、ピラミッドの建造は途方もない人海戦術の下に成り立っていて、第四王朝期の王はそれだけの財力と労働力を自由に扱える権力を有していた。これは紛れもない事実だわ」

「ええ。そして創設当時、クフ王の大ピラミッドの権威は大きさだけでなく、見た目の美しさにも反映されていました」

論馬は壁に掛けられた油絵を見つめながら、

「これはギザの大ピラミッドであってそうではない。この絵に描かれているのは、今から五、六百年前に失われたギザの大ピラミッド本来の姿なんです」

その絵には天頂に黄金を戴き、表面を真っ白に塗り潰されたピラミッドが描かれている。

「建造の仕上げとして、ギザの大ピラミッドは表面を白い石灰岩で化粧され、頂部は金箔《きんぱく》で覆われたと考えられています。石灰岩はカイロの東にあるムカッタム山の採石場から切り出されたトゥーラ産のものが使用され、今ではそのほとんどが失われてしまいましたが、ごくわずかな外装材が表面に残っているんです」

ピラミッドのことを初めて記録として残したのは『歴史学の父』とも謳《うた》われるギリシアの歴史学者、ヘロドトスである。

彼は紀元前五世紀中頃にエジプトを訪れていたが、自らの著書『歴史』の第二巻「エウテルペ」の中でその時のことについて記している。

「トゥーラ産の石灰岩から作った化粧石を、短い木材を組み合わせたテコを用いて配置していた」という一節がそれに当たる。

主題はギザの建造物と建造主の存在についてであるが、記述の大半はクフ王のピラミッド建設、それも最終段階の建設工程だけという極めて限定的な内容となっている。その理由については今も分かっていない。

そのほか、中世のアラビア文学の中にも大ピラミッドの存在は驚異的な建造物として描かれており、十三世紀の旅行家にして歴史学者のアブド・アル＝ラティフは著書『エジプト旅行記』において、『二つのピラミッドは互いに隣り合って立っており、白い石で建造されている』という言葉を残している。二つというのはクフの大ピラミッドともう一つ、カフラー王のピラミッドを指す。

史実によればカフラー王のピラミッドもまた、白色石灰岩で覆われ、太陽に白く光り輝いていたという。

そのほか、ギザの第三ピラミッドであるメンカウラー王のピラミッドは、石灰岩ではなく赤花崗《かこう》岩が仕上げに用いられ、かつてのアラブ人著述者たちは「彩色ピラミッド」や「有色ピラミッド」という名で呼び表していたらしい。

「大ピラミッドは数千年もの間、純白のまばゆい輝きを保っていました。ところが十三世紀に起きた地震によって化粧石の一部が落石したり、エジプト一帯を占領したアラブ系のアイユーブ朝によって新建造物のための建材として剝がされたりと、表面を覆う化粧石は次々と失われていきました。およそ十五世紀か十六世紀には、大ピラミッドは今とほぼ同じ姿になったと見なされています」

「ここからが本題ね」と由布院が頷いた。

「中世まで大ピラミッドはその原型を留めていた。つまり、中世よりも前に大ピラミッドの存在が日本へ伝わっていたとすると、当時の日本人は大ピラミッドの真の姿を知っていたことになる――」

「推定される時期としては大陸の文化が一挙に流れ込んできた頃でしょう。恐らく六世紀から八世紀――大陸との交易が活発化した飛鳥時代から奈良時代にかけてではないかと予想されます」

「その際、大ピラミッドにまつわる伝説が初めて国内に持ち込まれた。残念ながら、それを直に証明する文献は残されていないようだけどね」

「ものはピラミッドです。奈良の正倉院《しょうそういん》に納められているような文物とはわけが違う。口伝のみだった可能性も十分にあり得るでしょう。ここで先ほどの話に戻りますが、『フジ』の語源はこの時代に日本に伝わった大ピラミッドに由来するのではないかと思われます」

机の上に置いてあった用紙を裏返し、論馬はその上でペンを走らせた。

「ギザの大ピラミッドとはすなわち『クフ王のピラミッド』です。ピラミッドが山の形状と酷似しており、天頂が金箔で覆われていたことが伝わっていたとするなら、『クフの金山』と、そう呼ばれていてもおかしくはないでしょう」

「そしてクフ王は漢語――現代の中国語で『胡夫』、発音はhu-fuね。金はそのまま『金』と書くけど発音にするとjinとなる。つまり、胡夫金を漢語として発音すると『胡夫金《フウーフウーヂイン》』――これこそが『フジ』最古の語源となるわけね」

「実際にギザの大ピラミッドは中華圏において『胡夫金字塔』と書かれます。今でこそピラミッドの和名が金字塔であることは周知の事実ですが、この単語は古代からあったものではなく、正式な文献に登場し始めたのは早くても十七世紀頃だろうと考えられているようです」

論馬はピラミッドの油絵が飾ってある壁の横に、冠雪した富士山の写真をピンで留めた。

「富士山の冠雪は山頂だけでなく、冬季には峰や麓近くにまで及びます。山全体が雪で覆われた光景は、石灰岩の化粧石で表面を覆われた大ピラミッドを連想させるのに十分な役割を果たしていたのではないでしょうか」

大ピラミッドが四面体であることは遍く知られているが、一年に二回だけ、太陽光が四面体中央部にある窪《くぼ》みを浮き上がらせ、それぞれの面を二等分するような線が現れる。つまり、構造として大ピラミッドは正四面体ではなく正八面体であるというのが正しい。

そして、富士山に由来を持つ表現として、どの方向から見ても美しく欠点がないことを表す『八面玲瓏《はちめんれいろう》』という言葉がいつからか使われるようになった。

「ほかにも気候や地理の観点から興味深い符合が見つかったわ」

由布院は床に散乱した年表を眺めながら、

「噴火を繰り返す富士山は昔から神の住む山として畏れ敬われてきたけど、六世紀から八世紀中頃にかけて、大規模な噴火活動は確認できていない。さらに七世紀前半から奈良時代の初頭まで、日本は顕著な低温期に突入していたようね。飛鳥時代は寒冷時代で、学説では『大化の改新寒冷期』や『万葉寒冷期』と呼び表されている」

「当時の人々は寒冷による不作でさぞ困窮したでしょうが、富士山が冠雪するには十分な環境だったということですね」

「環境というなら地形についても着眼すべき事実がある。ギザのピラミッドから少し離れた場所にはナイル川が流れているけど、かつての富士山の近くにもまた、広大な水場があったことが判明しているわ」

「現代における富士五湖に該当する地域ですね」

論馬は机の上の本をどかし、富士山周辺の地図を広げた。

「富士山を中心に北東から北西にかけて五つの湖が点在しています。東から山中湖《やまなかこ》、河口湖《かわぐちこ》、西湖、精進湖《しょうじこ》、本栖湖《もとすこ》。一万年以上昔、この富士五湖は三つの湖に集約されていました。山中湖と、忍野《おしの》という北側の地域を含んだ『宇津湖《うづこ》』、河口湖よりも広大だった『古河口湖』、そして西湖、精進湖、本栖湖を含んだ『古剗の海《こせ》』です。約一万年前に三つの湖は古剗の海を残してほかの二つは干上がり、川となった。続いて約五千年前から二千年前には、新富士火山の度重なる活動により川に溶岩が流れ込んで河口湖が誕生し、古剗の海に流れ込んだ溶岩は本栖湖を誕生させ、古剗の海は『剗《せ》の海』となる。後世、剗の海は富士山の噴火による溶岩流によって今の三つの湖に分かたれ、かつて宇津湖が広がっていた地域を流れる川も同時期に溶岩流で分断されて、北側の忍野地域は干上がり、山中湖だけが残されました」

「剗の海が分断したのは貞観《じょうがん》六年、西暦八六四年の富士山大噴火による青木ヶ原《あおきがはら》溶岩流が湖に流れ込んだことが原因だと見られているようね。山中湖は九三七年、鷹丸尾《たかまるび》溶岩流が川をせき止めたことで形成されている。つまり六世紀から七世紀に焦点を当てると、富士山の北部を横断するように大きく剗の海、本栖湖、河口湖の三つの水場が形成されていたことになる。白富士の麓で間隔を空けずに横たわる広大な湖と、大ピラミッドの近くを流れるナイルの大河が重ねられても不思議じゃないわ」

「大ピラミッドの再現については水場だけではありません。ピラミッドの頂上が金箔で覆われていたことは先ほど述べた通りですが、富士山もまた頂上が金色に光り輝く瞬間がある。それが──」

「ダイヤモンド富士」

由布院は原崎が遺した研究資料を棚から引っ張り出した。

「富士山の山頂から太陽が昇る瞬間と沈む瞬間に、ダイヤモンドが光り輝いているかのような光景を目にすることができる。黄金色に染まる山頂が拝めるのは日の入りのダイヤモンド富士ね。ダイヤモンドとは金剛。金剛富士は古代の人々も間違いなく目にしていたでしょう」

「ダイヤモンド富士という名称はごく最近できたものですが、富士山が形成されたその日から変わらない光景がそこにあったはずです」

「これこそが当時の朝廷が『フジ』の名を忌み嫌っていた理由の一つでしょうね」

「山頂が金色に光り輝く瞬間は、富士山のお膝元である駿河国やその周辺国にのみ仰ぎ見ることが許された特権でした。遠く離れた畿内にある都からはその光景を目にすることができなかった――ゆえに『胡夫金』という言葉を語源とした『フジ』を認めることができなかったのでしょう」

「挙句には富士山を見る行為そのものが禁忌とされた。だからこそ、国書として編纂された記紀では徹底的にその存在が無視されたのね」

「ところが七九七年に編纂された史書『続日本紀』には、唐突に『富士山』の名称が使われています。その後も朝廷は、手の平を返したかのように富士山を神格化する伝説や逸話を量産していきました。これは明らかに異常です」

「日本書紀が成立したとされる七二〇年から七九七年までの間に、朝廷の意向が百八十度変わってしまうほどの何かが起こった。その何かが問題だったんだけど――」

「考えられるとすればやはり政治的な要因でしょう。古事記や日本書紀が編纂される過程には、時の権力者である藤原氏の思惑が色濃く反映されていました。つまり『フジ』の存在は、都を統べていた藤原氏にとって非常に不都合なものだったのではないでしょうか」

「例えば八世紀末までの駿河国に、朝廷の威光に逆らう巨大な勢力が存在していたとすればどうかしら」

「可能性があるとすれば藤原氏の分家あたりが妥当でしょうか。七世紀、駿河国に所縁のある人物で藤原義忠《よしただ》という貴族がいたことが伝えられています。彼と彼の一族を筆頭とする勢力が、藤原不比等《ふひと》に連なる藤原氏中枢の一族と対立関係にあったのではないか、という仮説です。ちなみに平安時代にも藤原義忠《のりただ》という漢字表記が同一の人物がいますが、時代が違うのでこれは別人でしょう」

「六九九年四月七日、富士山の二合目に、藤原義忠がとある神社を祀《まつ》ったという伝承が残っている。それが『冨士御室浅間神社《ふじおむろせんげん》』ね」

河口湖の南に佇む冨士御室浅間神社は木花咲耶姫命《このはなさくやびめのみこと》を祭神とする富士山最古の神社であるが、八〇〇年から始まった富士山の延暦《えんりゃく》大噴火によって一度焼失し、その後、坂上田村麻呂《さかのうえのたむらまろ》によって再び造営された。永久保存のため、本宮は昭和四十九年に今の場所に遷祀《せんし》され、今に至る。

「藤原義忠についてはその生涯を辿れるだけの記録は残っておらず、出生も不明なところが多い。彼がなぜ富士山二合目のこの場所を選んだのかについても明らかにされていませんが、ここにも興味深い一致が見つかっています」

論馬は壁に貼り付けてあった富士山麓の地図に近付くと、冨士御室浅間神社の旧本宮があった場所に大きく丸を描いた。

「富士山の山頂を中心として、冨士御室浅間神社は北東の位置に建造されていました。そして——」

今度はエジプト、ギザの地図を横に貼り付けると、

「ギザにはピラミッドを守護するかのように横たわる巨大建造物『スフィンクス』の像があります。スフィンクスはクフ王の大ピラミッドを中心にして、南東の位置に座している。しかし方角ではなく位置関係だけに絞って見ると、エジプトの大ピラミッド・スフィンクス、そしてナイル川の配置と、駿河の富士山頂・冨士御室浅間神社・富士五湖の配置は、上空から見るとほぼ同じ配置となっているんです」

そう言いながら論馬は大ピラミッド、スフィンクス、ナイル川と順に丸で囲んでいく。

そのまま日本地図内の富士山頂と富士五湖を赤枠で囲むと、ギザと駿河国、二つの地図における位置の類似性がくっきりと浮かび上がった。

「駿河国の時の権力者は富士山を大ピラミッドという王の建造物に投影することで、朝廷に対し自らの権威を主張しようとしたのではないでしょうか」

「当然、朝廷としては面白くなかったでしょうね。ところが忌み嫌っていたはずの富士山によって、突如朝廷は思わぬ恩恵にあずかることになった」

そう言って由布院は富士山噴火史の年表を掲げた。

「史書として初めて『富士山』の表記が登場する『続日本紀』には、七八一年に富士山が噴火したことが記されている。この噴火による被害で、駿河国を支配していた勢力は一気に弱体化したのかもしれないわ。さらに、八〇〇年以降、立て続けに起きた大噴火によって勢力の痕跡は跡形もなく焼失してしまった。こうしてフジの権威が地に堕《お》ちたところで、すかさず朝廷は史書に『富士山』を登場させ、フジを律令制の配下に組み込もうと画策した――好字二字令によって定められた『富士』の名称が宛てられたことで、フジは朝廷にとっての禊《みそぎ》を終えたんじゃないかしら」

「目の敵《かたき》が一転、あっという間に反対勢力を滅ぼしてくれたんですからね。これならば、朝廷が手の平返しで富士山を神格化し始めたことにも説明が付くでしょう」

「後世の藤原氏が記紀に手を加えていたとすると、日本書紀に記された『駿河平定《するがへいてい》』とはその時のことを改変し、脚色した逸話だったのかもしれないわね」

日本書紀では、東征に赴いた日本武尊が駿河に滞在していたときに起きた出来事について、こう記されている。

この年、日本武尊は初めて駿河に行かれた。そこの賊が従ったように見せ、欺いて「この地には大鹿が多く、その吐く息は朝霧のようで、足は若木のようです。おいでになって狩りをなさいませ」といった。日本武尊はその言葉を信じて、野に入り狩りをなされた。賊は皇子を殺そうという気があって、その野に火を放った。皇子は欺かれたと気付き、火打石を取り出し火をつけて、迎え火を作り逃れることができた。皇子の言われるのに「ほとんど欺かれるところであった」と。ことごとくその賊共を焼き滅した。だからそこを名づけて焼津《やいづ》（静岡県焼津市）という――。

論馬は頭を抱えて唸る。

「これが事実だとすると、七世紀までのすべての文献が八世紀から九世紀にかけて藤原氏の都合の良いように改竄《かいざん》されてしまった可能性さえ浮上しますね……」

「現に、権力を振りかざす藤原氏へ反感を抱いていたと思われる人物が平安時代にいたようだわ」と由布院。

「九世紀後半頃に書かれたとされる、作者不詳にして日本最古の小説『竹取物語《たけとりものがたり》』。またの名を『かぐや姫』というけど、恐らくこっちの方が馴染《なじ》み深いでしょうね」

竹取物語の大まかなあらすじとしては次のようなものだ。

昔、竹取の翁《おきな》という老人が藪《やぶ》の中で光輝く一本の竹を見つける。竹を割ると、中からは美しい娘が現れ、娘は「かぐや姫」と名付けられて翁とその妻の嫗《おうな》の元で育てられる。成長し、さらに美しくなったかぐや姫に、五人の貴族が求婚してくるがいずれも破談、終《しま》いには帝《みかど》にまで見初《みそ》められたものの、かぐや姫は元居た月の世界に帰らねばならず、帝も引き止めることができなかった。

最後はかぐや姫が残した不老不死の薬を、帝が山頂で焼かせる場面で物語は閉じられる。結びには「不死の薬を焼かせたからその山は不死の山と呼ばれるようになった」と記されている。

「竹取物語の中に登場する五人の貴族というのが、実在した人物をもとに描写されていることは今日までの研究で明らかになっているわ。五人とも七世紀末頃から八世紀初めにかけて朝廷で要職を務めていた人物で、記紀の編纂にも一枚噛んでいたと見なされている」

「物語の中で五人の貴族は破産したり命を落としたりと散々な目に遭っていますが、これは作者による藤原氏批判、公家《くげ》批判の暗喩であると目されているようですね」

「物語の狙いが藤原氏への批判や皮肉にあったと仮定すると、最後の文章にも何かしらの批判の意が込められていてもおかしくない」

「不死の山ですね」論馬は頷くと、

「ここで『不死の山』という表記をされていること自体が何らかの批判に通じている可能性がある。なぜなら、先ほども言ったように、七九七年に書かれた史書『続日本紀』には『富士山』という名称が使われています。そして竹取物語が書かれた時代はもっと後の九世紀後半頃でした。つまり作者は『富士山』と記すことができたはずなのに、敢えて書かなかったということになる」

「『富士』という言葉が、朝廷から発布された大宝律令に端を発していたことは既に確認したわよね？」

「ええ。突き詰めると『富士』の生みの親は、当時朝廷で実権を握っていた藤原氏となるでしょう。そして藤原氏に反感を抱いていた作者が『富士』ではなく『不死』を選んだということは、フジの真髄が不死にあり、藤原氏がその事実を抹消したことへの批判が込められていたとも見なせる」

「不死——これが最後にして最大の鍵ね」由布院の声に力が籠もる。

「ピラミッドにも、霊魂の不滅と来世に続く命を信じる古代エジプトの死生観が集約されているわ」

「むしろ宗教儀礼と無関係だったと考える方が難しいかと思います。何を目的としてピラミッドが建てられたか、その答えについては意見が割れるところでしょうが、建築史学の観点からすれば『ピラミッドは王墓である』と見なすべきです」

紀元前三〇〇〇年に遡るエジプトの初期王朝時代、人の遺体は砂中に埋められ、その上に日干しレンガの厚い壁で囲まれた長方形の墓を建てることで、死者の弔いとしていた。

この形式の墓を「マスタバ」と呼ぶ。

マスタバはギザのピラミッド群の西からも数多く発掘されており、主に役人や貴族のための墳墓として用いられていた。

やがてマスタバを何重にも重ねた「階段ピラミッド」が登場、斜面の傾斜が途中で緩くなった「屈折ピラミッド」などの派生型を経て、最終的には大ピラミッドに代表されるような四角錘然とした巨大建造物へと発展していくこととなる。

「ピラミッド建設の黎明期《れいめい》には階段ピラミッドが盛んに造られましたが、ここには『王の魂がピラミッドの階段を踏んで天に登るように』との祈りが込められていました。その後、四角錘状のピラミッドは王の来世の住まいとして建てられるようになり、単独で設けられるのではなく、当時は葬祭神殿やナイル川流域の河岸神殿などを含めた複合体として建設されていたと考えられています。では複合体の構成因子としてピラミッドが果たした役割とは何だったのか。それは階段ピラミッドと同じく王の魂を天に送るため――金箔に塗られた大ピラミッドの頂部は太陽光を反射して光り輝き、王の魂は太陽とピラミッドを結ぶ光線を辿って天へと還《かえ》るのです」

光の軌条を進む舟。古代エジプトの死生観では、王の魂は「太陽の舟」と呼ばれる舟によって地上から天へと昇っていくとされた。現にピラミッドの脇から巨大な「太陽の舟」が発掘されている。

死した魂は一度肉体を離れて冥界へと旅立つ。その際、冥界から戻ってくる魂を宿らせるための器が必要となるため、死者はミイラとなり肉体の存続が願われたのだ。

論馬は富士山文化にまつわる原崎の著書を捲った。

「一度死を迎えて再生するという思想は、形を変えて現代の富士山信仰へと受け継がれています」

富士山の火山活動が休止した十一世紀後半から、富士山周辺では日本の山岳信仰と中国から伝来した密教や道教が融合した「修験道《しゅげんどう》」の修行が盛んに行われるようになった。

中でも富士山を行場とした富士修験では、入山した山伏や修験者たちが山頂や山域、山麓での修行や巡礼を通じて生まれ変わり清められ、神仏の霊力を獲得するという『擬死再生《ぎしさいせい》』の儀が行われたという。

山岳や霊地を死後の世界や胎内に見立てて出入りする。そうすることで人は一度死んだこととなり、それまでの罪や穢《けが》れから解放されて清く生まれ変わる――これが擬死再生の習俗だ。

富士山に祈りながら登る「登拝」の盛り上がりと相まって、江戸時代には庶民層にも広く普及し、やがては『富士講《ふじこう》』と呼ばれる富士山岳信仰の基盤となる組織も創始された。

「大ピラミッドの投影としての富士山は七世紀から八世紀にかけて一度抹殺されました。しかしその本質は、日本古来の山岳信仰や神道、仏教が混ざり合った修験道の教義と同化することで再生を果たしていた。まさに『擬死再生』の思想そのものです」

それだけじゃないわ、と由布院が首を振った。

「修験道は神仏習合の信仰よ。明治時代の神仏分離令と廃仏毀釈によって、修験道も例外なく弾圧の憂き目に遭っている。加えて明治五年には修験禁止令まで発布された。それでも生き延びることができたのは、修験が人々の心に深く浸透していたからね」

「この天金白山荘に着いたときにも話しましたが、日本人ほど単一的な建築観を擁している民族は世界でも極めて稀《まれ》です。そして建築観と宗教観は切っても切り離せない関係にある。外来の建築技術だろうが、外来の宗教だろうが、ひとたび既存の建物や宗教に取り込んでしまえば永続させることができる――できてしまったんです、この国では」

この時、論馬の脳裏にはさらなる可能性の芽が生まれていた。

――文化を存続させるという目的において、日本ほど理想的な環境はなかった。だとすれば――。

世界から既に失われたと考えられている文明は山ほどある。

だが仮に、失われる前の文明がかつての日本に辿り着いており、姿かたちを変えて今もなお生き続けているとしたら――

――まだ終わっていない。

ぞわりとした感触が肌の内側を奔る。

それは確信だった。大ピラミッドの投影としての富士山、これは由布院が秀一から引き継いだという研究のほんの一端に過ぎないのではないか。

恐らく富士山のほかにも同様の事例がある。かつて大陸から持ち込まれた文化が変容し、滅びることなく今日まで生き残ってきた遺産が、この国のどこかで眠り続けている。

論馬は高校時代に秀一から聞かされた話を思い出していた。

——あの時は確か、バビロンの空中庭園だったか。

ギザの大ピラミッドとバビロンの空中庭園、二つを結び付ける概念が一つだけある。

由布院の方を窺うと、彼女の鋭い視線は真っ直ぐ論馬を射抜いていた。

探り合うような視線が交錯したが、

「ちょっと休憩しましょう」

おもむろに由布院が息を吐いた。

「いいですね。珈琲《コーヒー》でも淹れましょうか?」

「あら、気が利くわね。でもどうやって」

時刻は午前六時を回った頃合いだった。鈴江からはご遠慮なくと言われているものの、珈琲を淹れさせるためだけに叩き起こしたとあっては人としての尊厳を失いかねない。

「外に自販機がありました。缶で我慢してください」

「甘いやつね」

由布院が放り投げた小銭を難なく摑み取り、論馬は外に出た。

数時間前に降り出した雪は本降りとなっていたようだ。既に天金白山荘のまわりには雪が積もっており、足元を冷たい風が吹き抜けていく。

そそくさと部屋に戻ろうとすると、悲鳴のような声が中から上がった。

「どうかしましたか」

慌てて駆け込むと、スマホを横にして手に持っていた由布院と目が合った。

「論馬君、ちょっとこれ見て」

鬼気迫る雰囲気に圧《お》され、論馬は携帯の画面に目を落とした。

どうやらＳＮＳのタイムラインのようだが、そこに見覚えのある顔が表示されていたため、論馬は絶句する。

「この子、どうして……」

「ここに来た時にすれ違った女の子ね。松葉杖を突いていたあの子だわ」

論馬はやたらと顔色が悪かった少女の存在を思い出した。

「どうしてネットに彼女の話題が上がっているんです？」

「私も驚いたけど、あの子、入院していた病院を勝手に抜け出していたそうよ」

「と、逃亡中ってことですか？」

論馬は少女の青白い顔を思い起こす。どこか思いつめたような顔をしていたが、やはり訳ありだったようだ。それにしても、足を怪我しているのにどうやって病院を抜け出すことができたのか。

「名前は折笠美郷《おりかさみさと》。茨城県水戸《みと》市内にある女子高、畦倉《あぜくら》女子学院の三年生で、チアリーディング部に所属しているんだって」

「やけに詳しいですが、どうしてそこまで分かるんです?」

「トレンドにも上がっているから、どんどん情報が流れてくるのよ」

「他人の個人情報を垂れ流すのがそんなに楽しいんですかね」

僕には理解できませんと、論馬は顔をしかめる。

「それにしてもチアリーディングですか。随分と華やかな競技ですね。失礼ですが、彼女のイメージとは――」

「そぐわないって?　でも折笠さんは部長も務めていたそうよ。以前は競技の名に恥じることのない、明るく活発な女の子だったたって」

「だった?　どういう意味です」

「不幸な話よ。読んでいるだけで気が滅入《めい》ってくるわ」

由布院は携帯を操作して、ニュース記事を開いた。

半年ほど前、折笠は学校からの帰宅途中に車に撥《は》ねられ、酷い怪我を負った。一命こそ取り留めたものの、とりわけ足の骨の損傷が凄《すさ》まじく、医者からも二度と競技はできないと宣告されていたのだという。

「オールスターチアのメンバーになるという夢も諦めざるを得なかったそうね」

道理で顔色が悪いわけだと納得する一方で、心身ともに不調なはずの折笠が、どうして無理を押してまでこんな場所にきているのかという別の疑問が湧いて出る。

ネットには折笠が競技をしていた頃の動画も上がっていた。彼女より大柄な少女を、涼しい顔で肩の上に乗せ活き活きと競技していた。

「折笠さんはどうしてこんな所にいるのでしょうか」

「女子高生が一人失踪しただけなら、ここまでの騒ぎになることはないわ。事態はもっと深刻よ。もしかすると私たち、相当厄介なことに巻き込まれているのかもしれないわ」

液晶画面に、先ほどの折笠の写真に加えて、さらに四枚の写真が表示される。

――まさか、こんなことが。

論馬は呆然と写真を見つめていた。そこに映っている五人は、折笠も含め、下ですれ違った団体客の面々で間違いない。

眼鏡の男性は埼玉県在住の古間《こま》賢一《けんいち》、四十九歳。昨年まで中堅の金融会社である旭《あさひ》川《かわ》証券に勤めていたが、ここ数年の業績の悪化に伴う人員整理の憂き目に遭い、希望退職という体裁で事実上解雇。

続いて背の高い男性は野木《のき》山裕《やまゆう》。彼は広島県在住の三十三歳でステージⅣの肝臓ガンを告知されていると自身のブログで告白しているという。

中年女性は曽根《そね》貴子《たかこ》。香川県在住の四十八歳で、数年前に離婚。親権を巡る裁判に負けたことで精神的に不安定になったらしく、万引きの常習犯として何度か拘留されている経緯がある。

最後は吉乃《よしの》悠人《はると》、宮崎県在住の二十一歳。三年連続で大学受験に失敗している浪人生だという。

この四人と現在行方不明になっている折笠が一緒に行動しているところを見たという書き込みがいくつか確認できた。

「もう十分です」論馬は顔を上げると、

「苦しい境遇にいる人たちだというのは分かりました。ですが」

脳内を過《よぎ》る『集団自殺』という言葉を論馬は必死で振り払う。

「残念だけど、君の想像通りだと思うわ」

由布院は疲れたように言った。

「この中の一人が既に自殺を試みているのだから」

「……そんな」

由布院は黙って携帯を手渡してきた。SNSに投稿されたリンクを踏むと、ニュース記事の引用が展開される。

『ひと月ほど前のこと、明け方の青木ヶ原樹海の山道で、一台のバンが発見されました。車の中には練炭自殺を図った四名の男女が意識不明の重体で倒れていたといいます。内三名は搬送先の病院でまもなく死亡が確認されたのですが、一人だけ息を吹き返した方がいました。それが彼女、折笠美郷さんです』

論馬は由布院に携帯を返して尋ねる。

「息を吹き返したってことは、練炭が焚《た》かれてからそれほど時間が経っていなかったのでしょう。でも、樹海で自殺した人間がすぐに発見されるケースなんてほとんどない。その上、青木ヶ原樹海は日本有数の深さです。都合よく見つかるような場所ではないはずですが」

「それには事情があったみたい」由布院が答える。

「当時、折笠さんたちが乗っていた車は公道からさほど離れていない場所に停められていたそうよ。というのも、彼女たちは雪道での運転に不慣れだったみたいで、曲がり角で対向車と接触事故を起こしていた。バンパーがひしゃげた車を走らせていれば不審に思われるのは当然のこと、やむなく公道から逸れて森に入り、ある程度進んだところで自殺を図ったという顚末《てんまつ》ね。だけど対向車の方は公道に残っていたため、意図せず早期発見に繋がったってわけ」

「対向車を運転していた人が通報したのではないのですか?」

「ニュースを読んだ限りだけど——」

由布院は腕を組んだ。

「どうやら死んでいたそうよ。対向車の運転手は」

「それは事故で?」

「いいえ。被害者は道路脇の、少し森に入ったところで倒れていた。死因は後頭部を強打したことによる脳挫傷、および内出血だと言っていたわ」

「……殺されていたのでしょうか」論馬が訊くと、

「それも違う。現場に残っていた血痕や傷口の状態から、仰向けに倒れ、下に転がっていた岩に運悪く頭を打ちつけたことが直接の原因であることは判明しているんだって。岩は半分地中に埋まっていたそうだから、手に取って殴りつけることはできない。ただ、表向きは事故となっているけど、それが本当に足を滑らせただけなのかは依然として不明なんだとか」

「……誰かに突き飛ばされたかもしれないってことですか」

「その場合、容疑者は誰になるかしら」

「通りすがりの人間による犯行ではないと仮定して、まずは現場にいた人間を疑うべきでしょうね。実際に衝突事故を起こしているわけですし、トラブルがあったことに違いはない」

「警察も事故と事件の両方の線で捜査に当たっていたみたい。唯一の生存者である折笠さんは事情聴取の対象でもあったけど、目を覚ました数日後、病室から忽然《こつぜん》と姿を消してしまった」

論馬は耳を疑った。

「じゃあ今すぐ警察に通報しましょう」

「善良な市民の義務ね」

「ちなみに、被害者の身元は？」

「えっと――」

由布院が被害者の名前を確認しようとした、その時。


「――論馬さん、由布院さん。起きていらっしゃいますか」

そう言いながら扉を叩く者がいる。声から判断して鈴江のようだった。その声を聞いて緊張が緩んだのか、論馬は途端に空腹を覚えた。時刻はちょうど午前七時になったところだ。昨夜の八時過ぎからぶっ続けで作業をしていたため、半日ほど何も口にしていないことになる。

「二人とも起きてますけど、どうかしましたか」

そう言って論馬が扉を開けると、そこには顔色の優れない鈴江の姿があった。

「朝早くからすみません」

「いえ、徹夜だったんでお気遣いなく」

「あれからずっと調べ物をされていたんですか」鈴江は目を丸くしている。

「結構な難敵だったもので。ご主人の研究はそれだけの価値のあるものでしたよ」

「そう、ですか……」

手放しで原崎を称賛する論馬の言葉にも、鈴江は心ここにあらずといったように、冴えない表情を浮かべている。

「突然で申し訳ございません。お二人は折笠さんという方を見かけませんでしたか。松葉杖を突いていた女の子なんですが……」

「っ！」

論馬と由布院は顔を見合わせる。

「もしかしてとも思いましたが、やっぱり書斎にはいないようですね」

「折笠さんがどうかされたのですか」論馬は探るように尋ねた。

「それが、朝食の時間になってもお見えにならないので……」

「まだ寝ているんじゃないですか？」

「そ、そうですね。だといいのですが」

どことなく浮足立っている鈴江の様子を見て、論馬は不審に思った。

「何か気になることでも？」

「昨夜、彼女から折り入って相談があると言われていたんです。詳しいことは明日の朝になったら話しますと言っていたのですが」

鈴江は緊張した表情のまま、背中を向けた。

「私、ちょっと見てきます」

「だったら僕も行きます」

見かねた論馬が口を挟むと、由布院は露骨に嫌そうな顔をした。

「私は行きたくないんだけど」

「別に由布院さんは来なくてもいいですよ」

「行きたくないだけで行かないとは言ってないわ」

「どっちなんですか……」

ただの天邪鬼《あまのじやく》ならば話は早いが、恐らくそれだけではないだろう。由布院の目がいつも以上に吊り上がっている。

「だって、何か嫌な予感がするのよ」

「……また例の勘ですか」

「まあね」

この時ばかりは論馬も頭ごなしに否定できなかった。なぜなら彼もまた不穏な予兆にその身を晒されていたからだ。

「急ぎましょう」

三人は連れ立って天金白山荘の玄関へと向かった。

5

予報に漏れず、富士河口湖町の初雪は広域にわたって降り積もったようだった。

西湖の畔《ほとり》にある天金白山荘も例外ではなく、辺り一面が綺麗に雪に覆われ、その上には足跡一つない。

――足跡がない、ない？

「……由布院さん、雪が止んだのはいつ頃だったか覚えていますか？」

「今日未明、具体的には午前三時半頃だったはずよ」

「その場合、誰かが外に出たとするなら午前三時半前ということになりますね」

「天金白山荘を起点としている足跡が見当たらない以上、そう考えるのが妥当でしょうね」

由布院は鈴江の方を振り返ると、

「この建物に玄関以外の出入口はあるのかしら？」

「はい。一箇所だけ裏手に非常口がありますが……」

「では、まず裏手に回ってみましょう。どのみち周辺を探すんですから、先に天金白山荘を一周してみる方が好都合です」

論馬としては順当な発言をしたつもりだったが、

「差し出がましいようですが、それには及ばないかと」

と、鈴江に諭される。

「今朝方、私は非常口の扉を一度見ました。そのとき扉は内側から施錠されたままでしたので、誰かが出て行ったとは考えられません」

「しかし――」

「別にいいじゃない、論馬君」

　由布院が、ある方向を向いたまま言った。

「玄関から出ようが裏口から出ようが、目的地に向かう足跡はやがて一方向に集約される。見てみなさい。足跡が残っていないのは玄関周辺だけじゃない。東側にある森とこの山荘を隔てている一帯にも足跡は残されていないみたいだわ」

「東？」

　論馬は由布院の見ていた方向に視線を遣り、なるほどと呟いた。

「ログハウスですね」

　昨日、論馬と由布院が天金白山荘に辿り着いた時点で、山荘には既に先客がいた。それが折笠を始めとする五人の団体客だ。

　折笠ら一行は山荘ではなく、離れのログハウスへの滞在を希望していた。天金白山荘の玄関ですれ違った面々は一様に森の中へと進んでいたが、恐らくその先に宿泊施設となるログハウスがあるのだろう。

　まだハウスで寝ているのか、あるいは、

「何らかの事情でログハウスから帰れなくなったか」

論馬は「急ぎましょう」と二人に声を掛け、森に向かって走り出した。

木立の合間を縫って進んでいく途中でも、論馬は地面に降り積もった雪の様子をさりげなく確かめていた。

が、やはり足跡一つ見当たらない。雪が降り止んでから今この瞬間に至るまで、誰も天金白山荘とログハウスの間を行き来していないことはほぼ間違いないようだった。

やがて、森の中にぽつんと一軒だけ佇むログハウスが見えてきた。

焦げ茶色の丸太を積み重ねた切妻屋根の一戸建てで、屋根には天窓が備え付けられている。

軒先の下はバルコニーになっていることから、二階建てであることが窺えた。

出入口の扉は一階にあり、扉を挟むようにして小窓が取り付けられているが、二階の窓も含め、すべて内側からカーテンが引かれていた。

念のため建物の周囲を一周してみたが、新雪の上に足跡はなく、外側から中の様子を窺うこともできない。完全な遮断状態だ。

「出入口はここだけか」

由布院はログハウスの正面に立つと、扉の付近へ視線を走らせる。

「綺麗なものね。ここにも足跡はないみたい」

「やはり雪が止んでから今になるまで、このログハウスは隔絶された状況下にあったということでしょうか」

「しっ、ちょっと黙ってて」

由布院は人差し指を唇に当ててから、大きく息を吸うと、

「――折笠さん！　いるんですか？　いたら返事をしてください！」

大声で中に呼び掛ける――が、しばらく待っても反応はない。

鈴江が蒼白な顔で囁いた。

「誰も出てこないのは変じゃありませんか？」

「ですね」

由布院は慎重に扉へ近寄ると、ドアノブに手を翳した。そのまま捻ろうと力を加えたところで舌打ちがこぼれる。

「駄目ね。鍵が掛かってる」

「で、では私が」

鈴江が進み出ると、服の内側から鍵を取り出した。

「それは——ログハウスの鍵ですか」

「マスターキーです。念のため持ってきました」

鈴江がキーを差し込むと、解錠された音が微かに鳴った。鈴江はよろめくようにして後ろに下がり、再び由布院が前に立った。論馬も由布院の後ろに立って突入に備える。

「開けるわよ」

「お願いします」

外開きの扉がゆっくりと動く。室内の電灯は点いたままになっているようで、隙間からは光が漏れ出ていた。

と、同時に異様な臭いが論馬の鼻を掠めた。室内に充満していたのか、鉄錆を思わせる生臭い風がログハウスの中から一気に流れ出てくる。事態は明白だった。

「——そんな……」

驚愕の声を漏らしたのは三人のうちの誰だったか。

我先にとログハウスに駆け込んだ論馬と由布院が目にしたのは、血塗《ちまみ》れになって横たわる五人の姿だった。

あまりにも不謹慎な表現だが、猟奇的犯罪をある種の芸術だと例えるなら、これは独立してその美しさが際立つ作品であると言えるだろう。

血染めの五人はただ横たわっているだけではない。

彼ら彼女らは、互いに折り重なるようにして倒れていた。

ここには死体の山が築かれている。死体を建材とした山《ピラミッド》が。

終《つい》ぞ言葉を交わすことのなかった面々だ。覚えているのは顔と名前くらいだが、今やもの言わぬ肉塊となった彼らの個性に果たしてどれほどの価値があるのか。

一番上には古間賢一が、古間の腹の下には野木山裕が、野木山の膝の下には曽根貴子が、曽根の腰の下には吉乃悠人が——頭をこちらに向けつつ、裂かれた首筋の頸動《けいどう》脈《みゃく》から大量の血液を噴射させている。

吉乃の下では、彼の両足に敷かれるようにして折笠美郷が倒れ伏し、ギプスが巻かれた両足だけがこちらに向かって伸びていた。彼女の頭部は死体の陰に隠れており、その表情は窺い知れない。

犠牲者たちの身体は、まるでボードゲームのジェンガのごとく交互に直角になった状態で重なっていた。

そして——驚くべきことに——死体の山から流れ出ている血液は乾いておらず、むしろ瑞々しいまでの光沢を湛えていた。

積み重ねられた死体を中心に、じわりじわりと血の染みが広がっていく。山の傍らを流れる鮮血の大河は、今この瞬間にも床を赤く染め続けているのだ。血の海の中には、凶器と思しき鋭利な出刃包丁が無造作に置かれている。

鈴江は金切り声を上げながら、死体の山にまで駆け寄り、その場で蹲《うずくま》ってしまった。

彼らが死んだのは数時間前や数十分前の話ではない。

ほんの数分前、下手をすれば数十秒前か。

論馬は室内を一瞥する。

離れはしばらく使われていなかったという鈴江の言葉に偽りはないようで、特筆すべき家具もない。伽藍洞《がらんどう》の空間からは生活感などまったく感じられない。

そのほかには所有者が死んだことで意味を成さなくなったであろう荷物が、いくつか無造作に放り出されているが、身を隠せるような遮蔽物とは成り得ない。

残るは二階へと続く階段だけだ。

——犯人は上にいる？

論馬は顔を上げた。

ログハウスは木立を抜けた先の開けた場所に佇んでいる。木を伝うなどして、地面に足跡を残さずに脱出することはほぼ不可能に近い。が、事前にロープなどでハウスの二階と木を結んでおき、綱渡りの要領で脱出することもできなくはないだろう。

そうだとしても今度は時間の制約がある。

殺害した被害者を積み上げてから、曲芸師顔負けの方法で脱出し、仕上げにロープを始めとする証拠を隠滅する。この惨状を作り出してから今現在までの間に、これら一連の行為を完了させるには、あまりにも時間が足りなさすぎる。

死亡により鼓動が止まると出血も次第に収まっていくが、色鮮やかな血痕が床に広がりつつある状況を踏まえれば、死亡推定時刻から死体発見まで、長くとも数分程度しか経っていないという推測が成り立つ。

この短時間で現場から脱出しつつ、すべての痕跡を消すことはまず無理だ。

ありとあらゆる情報がスローモーションで動いていた。鮮烈な赤色に視神経を切り裂かれてから、やけに頭がぼうっとする。

だが思考が止まっているのではない。逆だった。論馬自身の意識を離れて、思考回路だけが独りでに暴走している。

論馬は隣に目を遣った。

そこには由布院の横顔があるはずだったが、正面に捉えたのは、同じようにこちらに顔を向けてきた彼女の切迫した瞳だった。青灰色の虹彩に血走った自分の目が反射しているのが妙にはっきりと見える。混ざり合い、絡み合った視線は、一秒と経たずに再び死地へと向けられた。

論馬は死体の山へ駆け出すと、

「由布院さん、そっちは任せます！」

「分かってるわよ！」

由布院の怒号を背に、論馬は死体の山の裏側へ回り込んだ。

案の定、足元に転がっていた刃物を蹴り飛ばし、間髪を入れずに身を屈めて死体の山に両手を突っ込む。下敷きになっていた一人分の体が、徐々に引っ張り出されていく。

「――離して！　離してぇぇっっ！」

どこかで悲鳴が上がったが、論馬は腕に籠める力を緩めない。

手の平から伝わる体温が急激に下がっていくのが分かる。首筋にそっと手をやるが、脈動は既に感じられなかった。

もう彼女が立ち上がることは永遠にない。それは松葉杖があろうとなかろうと関係がないのだ。すべては遅きに失した。

室内を振り返ると、死体の山の横に突っ伏し、絶叫し続ける女性の姿が目に映った。由布院に組み敷かれ、まったく身動きの取れない状態にありながらも、何とか逃れようと醜く足掻《あが》いている。

そこに貞淑な未亡人の面影は微塵《みじん》も残されていない。

こうして金字塔の殺人は終わりを告げた。

6

「――あなたがやったんですね」

論馬は原崎鈴江に向かって吐き捨てた。

「……どうして――」

全身を押さえつけられながらも、鈴江は精一杯の抵抗を試みていた。

「何かの間違いよ。私は殺してなんていないわ……」

「諦めなさい。もうすべて分かっているんだから」

由布院が冷静な声で答えた。

「他殺体かもしれない遺体が目の前に現れたなら、まずは誰がやったのか、犯人は誰なのかを考える。当然の話だわ」

「そして犯人が存在すると仮定した場合、現場の状況に照らすと整合性の付かないことがあった。それが雪に閉ざされたログハウスです」

論馬は自分の腕の中で息絶えた折笠美郷の身体をそっと床に寝かせた。

「死体の山から流れ出る血液はまだ乾いていなかった。つまり殺傷行為があってからほとんど時間は経過していないと推測できます。さらに現場となったログハウスの周囲には足跡はなかった。そうなれば犯人はまだ現場に残っている可能性が高いということになります。しかし、一階には身を隠すことのできる遮蔽物はなかった。だとすれば、後はまだ確認していない二階に犯人が潜んでいることになる」

論馬は鈴江が伏している場所まで歩み寄ると、彼女の頭を掴んで無理やり上を向かせた。

「二階に危険が潜んでいると分かれば、人間の意識と目線はおのずと上方向に向けられる。ちょうどこんな具合に」

「痛い。放して」

か細い声で抗議する彼女を放すと、

「ここまでは犯人の思惑通りでした。上手くいけば僕たちを二階まで追い払うことまでできたかもしれない」

「だけど私たちの目は欺けなかったってことね」

由布院は鈴江を拘束していた手を解《ほど》いた。ただ捕らえていただけでなく、同時に彼女の所持品も調べた上で危険はないと判断したのだろう。

「普通の犯人なら殺人を犯した後、悠長に現場に留まったりはしないわ。私たちがログハウスに着くまでには、証拠を消すだけの時間はなくても、せめて逃げることぐらいはできたはず。でもそれをせずに、犯人は死体を積み上げた。いったい何が目的だったのかしら」

「考えられるとすれば死んだふりでしょう。犯人自らが死体の山に紛れ込み、目撃者の隙を突いて逃亡する――これならば二階の袋小路に追い込まれることなく、現場からの逃走が見込めます」

「そうね。この時点で、死体の山に生きている人間が隠れていることについては、ほぼ確信が持てた。ところが」

「あろうことか、走って逃げることのできる人間は全員首から血を流して死んでいた。唯一、犯人像から最も遠い場所にいるはずの人物だけが、死体の山の陰で表情を隠していたんです。この瞬間、犯人が逃亡を目論《もくろ》んでいるという前提条件が覆された」

「だったらこう考えるしかないわ。そもそも犯人には逃げるつもりがないのだと」

由布院は「ここからがあなたの役目だったのね」と鈴江に向かって言った。

「雪に閉ざされたログハウスも、積み上げられた死体の山も、乾ききっていない血の河も、すべては鈴江さん、あなたのアリバイのために用意された仕掛けだった」

「――何でそんなことまで分かるの……」

それは自白にも等しかったが、あまりにショックを受けているせいか、本人は気付いてもいないようだった。

「私たちの注意が二階に向けられている隙に、鈴江さんは密《ひそ》かに死体の山に近付き、その場に落ちている凶器で折笠さんの首を刺す。手に布を巻くなどして凶器に指紋が残らないよう最低限の注意はしたと思うけど、上手く事が運べていれば、鈴江さんは強固な時間の壁を築くことができたって寸法ね」

「現場周辺の雪の上には誰の足跡もありませんでした。そして殺人が起きたのは現場に踏み入る直前のこと。この状況下で死人が出れば、殺人と入れ違いで到着した目撃者が疑われることはまずありません。鈴江さん、そして折笠さんはそこに付け込んだのでしょう」

論馬の指摘に由布院も頷いた。

「四人が死亡してからさほど時間が経っていない状態で、残る一人を後から殺す。これにより五人目の死亡推定時刻を四人の死亡推定時刻に寄せることができるのね」

「あそこにすべての仕掛けがある」

論馬はログハウスの扉越しに見える死体の山を指差すと、

「なぜ死体を積み上げる必要があったのか——それは、死亡した順番を誤認させることにありました」

「五人の死亡推定時刻がほとんど同じだったなら、最下層にいる人間から順に死んだと見なされる。一人目が折笠さん、二人目が吉乃さん、三人目が曽根さん、四人目が野木山さん、そして最後が古間さん。だけど、もし計画が成功していればその順序は偽装されたものになっていた。真っ先に死んだはずの折笠さんが実は最後の犠牲者だった——その事実を隠すために死体は積み上げられたのね。死亡推定時刻を寄せるだけじゃ心もとない。これは駄目押しの一手だったたってわけ」

仮に全員が他殺であり、五人を殺害した真犯人としての六人目がいたとする。その場合、六人目が死体を積み上げたことも考えられるだろう。

しかし現場を調べれば、六人目が存在していないことはすぐに明らかになる。六人目の不在はすなわち、偽装工作を施した人間の不在として認知されるため、真相は五人の集団自殺か、互いに殺し合ったかという結論へと収まる図式だ。

「恐らく僕たちに殺害の瞬間を見られないようにする狙いもあったのでしょう。さらに死体の山に頭を突っ込ませた状態で首を刺せば、返り血も抑えられる」

「現場に流れる血が乾いていなかったのも同じ理由ね。血が流れ続けている現場だからこそ、後追いで一人を失血死させることができる。山の麓でいくつかの支流が合わさり一つの大きな流れになるように、死体の山の麓でも、血の河が合流していたってことかしら」

「折笠さんと鈴江さんにとっての理想の展開とは、ほかの四人が死亡した時間帯の直後に僕と由布院さんが死体を見つけることだったはずです。恐らくいつ死体の山ができあがるかについても、あらかじめ認識合わせをしていたのでしょう」

「この仕掛けを成立させるには、現場が密室状態だったことを第三者に見届けてもらう必要があるわ。結果的に私と論馬君がその役目を担うことになったわけだけど、この場に居合わせていなければ、代わりに地元の駐在さんか近所住まいの方に証言してもらうつもりだったんじゃないかしら」

「そうだと思います」

鈴江の行動を思い返してみれば、論馬たちを早くログハウスに向かわせようとしていた節があった。

「僕らは何の疑問もなく鈴江さんに従い、ログハウスへと急いだ。そして――」

血染めのピラミッドと相まみえることになった。

「死体の山を前にして、僕と由布院さんの洞察は一瞬だけ二階に潜む犯人へと向けられました。しかしそこで罠に気付いた。犯人の本当の狙いは死体の山から意識を逸らせることにあると」

折笠と鈴江は徹底して死体の山から論馬と由布院の意識を遠ざけようとした。鈴江のアリバイ工作のためには山を築かねばならなかった。そこに山がある以上、動かすことはできない。ならば隠すしかない。その存在を意識の外へと誘導するしかない。

かつてその存在を抹消された天金白山《ピラミッド》。

誰が目を背ける。見て見ぬふりなどできるはずもない。真実はいつだって堂々と聳え立っている。

雲の切れ間から朝陽が差し込み、光の道標に誘われるまま論馬は顔を上げた。

南の方角に富士の山がその頂を覗かせている。雪化粧は陽光を一身に浴びて、ひと際眩《まばゆ》い光を放っていた。

「論馬君？」

由布院の声で現実に引き戻される。

「すみません、少しぼうっとしていました。鈴江さんの動機ですが、もしかすると、ひと月ほど前に不審死を遂げたあなたのご主人――原崎功一朗さんの死が絡んでいるのではありませんか？」

「そこまで分かっているのですか……」

鈴江は心底気味悪そうな目で論馬を見ている。

「今朝読んだニュースで知りました。ひと月前、青木ヶ原の樹海で自殺するためにこの近くに来ていた一行が運転するバンと、その場を通りかかった対向車が衝突事故を起こしていたそうです。事故による死傷者はいなかったそうですが、対向車に乗っていた人物は車を降りた後、頭部を強く打ち付けて亡くなったと聞いています」

被害者の名前を確かめようとしたところに鈴江の来訪が重なったため、すっかり意識の外へと追いやっていた。

「ひと月前というのは、あなたの夫、原崎功一朗さんが亡くなった時期とほぼ同じですよね」

「ご推察の通りですよ」

鈴江は魂の抜けたような声で答えた。

「そのとき現場に居合わせていたのは夫でした。彼は一行のただならぬ雰囲気から事情を察し、自殺を思いとどまるよう説得したそうなんです。ところが口論になってしまい、その中の一人に突き飛ばされた。そして転んだ拍子に頭を強打し、そのまま死んでしまったと」

「どうやってそれを知ったんです」

「それは」

鈴江は首を振ると、折笠の死体の方を向いた。

「夫の死の真相については折笠さんが教えてくれました」

「――やはりそうですか」

ここにきて論馬はひと月前の事件を鮮明に思い描くことができた。

「練炭自殺を試みたという四人のうち、三人は死亡が確認されていましたが、残る一人の折笠さんは奇跡的に生存していた。ところが彼女はもう一度自殺をするために病院を抜け出し、再びこの地へとやってきた。折笠さんはさぞ驚いたでしょうね。泊まる予定の宿が、ひと月前に自分たちが死なせてしまった人が経営していた山荘だったのですから。鈴江さんの顔をまともに見ることすらできなかったでしょう」

「私は薄々感付いてたけどね。折笠さんが何か隠してるんじゃないかって」と由布院。

「あの時、おとなしく私の助言を聞き入れていれば死体の山が築かれることもなかったんじゃないかしら」

「今さら蒸し返されても。それに自殺志願者の説得だなんて、できれば遠慮したいです」

「私も嫌よ。自殺を止めようとした原崎さんは理不尽に命を奪われ、彼の弔い合戦に臨んだ鈴江さんは殺人犯へと身を落とした。こういう負の連鎖を何て言うか知ってる？」

「ミ、ミイラ取りが、ミ、ミ、ミイラになる」

「富士山《ピラミッド》の麓で起きた殺人事件にしては上出来の落ちだわ」

全然笑えないけど、と付け足してから、

「昨晩、折笠さんは鈴江さんに真実を打ち明け、そして自分への復讐を自ら持ち掛けたのね」

「犯人を殺したいほど憎んでいる遺族と、死にたがっている犯人。これ以上に理想的な構図もありません」

そして鈴江は折笠が提案した自殺計画に乗ることにした。復讐を果たせるだけでなく、アリバイまで用意してくれるというのだ。さぞや蠱惑《こわく》的な申し出だったことだろう。

「話が複雑になってきたので、昨夜からの流れをいったん整理してみます。

昨夜、折笠さんは鈴江さんの元を訪れ、原崎さんの死の真相を明かした。恐らくこの時、降り出した雪に気付いたのでしょう。そこで折笠さんは一連の仕掛けを思い付き、鈴江さんに自分の殺害を依頼して彼女もそれを引き受けた」

それからしばらく時間を空けて、翌日の午前七時に計画は再始動した。

まず鈴江が論馬たちを呼びに書斎にやってくる。彼女の目的は、雪に閉ざされたログハウスを私たちに見せつけ、自分のアリバイを立証してもらうためだった。雪が止んだ午前三時半から午前七時までの間、誰もログハウスを訪れた痕跡がないとなれば、室内にいた全員が自殺を遂げたか、互いに殺し合ったものと見なされる。

論馬の解釈に由布院が補足を加えた。

「そして午前七時、ログハウスでは集団自殺が決行された。全員が自分の頸動脈を切り裂いて、一つまた一つと死体が積み上がっていく。最後まで生きていた折笠さんは、できたばかりの死体の山、その一番下へと潜り込んだ。後は息を潜めて、自分を殺しにくる鈴江さんを待つだけね」

両足が不自由だった折笠にとって、死体を積み上げる作業は困難だったはずだ。恐らく四人の被害者は、自らの意思で死体の上に覆い被さるように倒れていったのだろう。

「こんな問いに意味はないとは思いますが」

論馬は鈴江に向かって、

「今朝僕たちとログハウスに向かうまで、考え直すだけの時間は十分にあったはずです。そんなにもあなたは折笠さんを恨んでいたのですか？　もしかしてご主人を突き飛ばしたというのは――」

「違いますよ」

疲れ切った顔で鈴江は笑った。

「私だってこんな答えに意味はないと思っています。だけど言っておかないと気が済みません。昨夜の私は確かに怒りに駆られていました。けれども復讐なんてこれっぽっちも考えていなかった。ただ自殺を止めることだけを考えていました」

「――続けてください」

「先ほど由布院さんは弔い合戦と言いましたね。確かにそうでした。主人は命懸けで見も知らぬ人を救おうとしていたんです。私は彼の想いに報いたかった。彼ができなかったことを私がやり遂げないといけない。そう思っていたんです」

折笠さんからあの提案を受けるまでは、と、鈴江は憎しみに滾《たぎ》った目で折笠を見下ろした。

「私は彼女に死なないでほしいと言いました。けれども彼女は、それだけはできないと答えたんです。あまつさえ、復讐を手伝うなどという調子はずれのふざけたことを言い出しました。その瞬間、私は彼女を殺すことに決めました。だっておかしいじゃないですか。それなら主人は何のために死んだのです。彼の決死の想いはこの女には何も響いていなかった。そんな人間を許せると思いますか？　ねえ、答えてください。ねえ……」

消え入りそうな声で鈴江がむせび泣く。

彼女の慟哭《どうこく》はやがて訪れるパトカーのサイレンによって掻き消されるまで、ずっと続いていた。

＊

すべてが終わっていざ天金白山荘から去ろうとしていた時のこと、由布院は感慨深げに富士山を見上げていた。

「富士山の麓、青木ヶ原樹海には全国から自殺志願者が集まってくるそうよ。それはどうしてだと思う？」

「さあ」

「私が思うに、この一帯が富士山に見下ろされているからじゃないかしら」

「言いたいことが分かりませんね」

「富士山はかつてギザの大ピラミッドの投影だった。そして大ピラミッドの西側は墓地になっているわ。その事実を私たちの先祖が伝え聞いていたからこそ、自覚のない記憶、本能としてその血に受け継がれ、今でも死を望む人間は無自覚のまま富士山に引き寄せられている――」

論馬は答えなかった。

由布院の言う通り、太古からの意志が脈々と受け継がれていたとして、果たしてそれは喜ばしいことなのか。

今回の惨劇は、死に引き寄せられた人間によってもたらされた負の連鎖だ。

鈴江が犯した過ちは決して許されることではない。だが、亡き夫の無念を晴らす、その想いに曇りはなかったはずだ。

彼女の覚悟は彼女だけのものであるべきだ。

ピラミッドに操られたなどという誤魔化しで、鈴江の覚悟を貶めることなど、恥ずべき行為に思われてならない。

「……ま、あくまで想像だけどね」

由布院もそれを理解しているのか、この話について深く掘り下げるつもりはないようだった。

第三章

石灯籠の不可能犯罪

1

こちらへと向けられている視線を感じ、不結論馬はその足を止めた。

視線の主はどうやら海外から訪れている団体の観光客たちのようだ。

一団を率いるガイドの手には、青と白の十字と横縞《よこじま》で描かれた小さな旗が掲げられている。見まごうことなくギリシアの国旗だ。そのほかにも外国人旅行客の姿がちらほらと見受けられた。

論馬が立っているその場所は、法隆寺西院伽藍《ほうりゅうじさいいんがらん》の境内だった。

先ほどから論馬は伽藍の列柱回廊を何度も周回していた。旅行客たちは同じ場所を延々と行ったり来たりする論馬の姿を見て不思議に思っているのだろう。

——この状況には覚えがある。

論馬は以前にギリシアを訪れたときのことを思い出していた。

建築史の起源はピラミッドに代表されるエジプト文明にまで遡るが、西洋建築の発展において、古代ギリシア人たちが遺した功績はエジプト建築に後れを取ることはない。

ギリシアの首都であるアテネを一望できる神域「アクロポリス」もまた、ギリシア建築を代表する傑作の一つに数えられている。

古代ギリシア人は紀元前八世紀頃から、各地に「ポリス」と呼ばれる都市国家を建設し、市民権を持った人々の生活・文化・政治の拠点としていた。ポリスには「アゴラ」と「アクロポリス」という二つの領域が構えられていた。

アゴラは市民の生活の中心となった公共広場であり、アクロポリスとは小高い丘陵地を意味する言葉で、都市の守護神を奉る神殿が建てられた。

そしてアテネのアクロポリスで最も有名な建築物が「パルテノン神殿」である。アテネの守護神アテナイを祀って建てられたこの大神殿は、白光の大理石で造られており、正面に八本の柱、側面に十七本の柱で形成されている。

エンタブラチュアと呼ばれる梁に該当する水平部分には、アテネの歴史が浮彫りになって描かれているが、これは文字が読めない人々でも都市の歴史が理解できるように配慮されたものだという。

双眼鏡に目を当てながら、論馬は日が暮れるまでずっとパルテノン神殿の周りを徘《はい》廻《かい》していた。

客観的に見ても、独り言を呟きながら数時間も居座り続ける日本人の姿は明らかに浮いていたに違いない。だが、それだけ人を惹き付ける圧倒的な建築美が確かにパルテノン神殿にはあったのだ。

感傷に耽《ふけ》っていた論馬は法隆寺の南側の回廊を抜けて、五重塔《ごじゅうのとう》と金堂《こんどう》が並び建つ中心部へと踏み出した。

法隆寺にギリシアの名残《なごり》を感じることと、ギリシア神殿に法隆寺の匂いを感じることとは表裏一体の関係にあると論馬は考えている。

法隆寺は世界最古の木造建築として広くその名を馳《は》せているが、その一方で、数多くの謎が隠されたミステリアスな建造物という顔も有している。

法隆寺地域の仏教建築については、七世紀初頭、推古《すいこ》天皇の摂政だった聖徳太子《しょうとくたいし》が斑鳩《いかるが》の地に築いたとされる斑鳩寺《いかるがでら》、またの名を若草伽藍《わかくさがらん》の建設によって始まったと考えられている。

この斑鳩寺は六七〇年に焼失したと伝えられており、当時の状況は『日本書紀』の中に記されている。

文献としては「一屋モ余ルコトナシ、大雨フリ雷震ル」という描写のみであったため、後に法隆寺が再建されたか否かで学界が真っ二つに割れるという事態を引き起こした、文字通りの火種となった。

その後の研究で法隆寺境内の地下に塔と金堂の遺構が残っていることや火災跡が発掘されたことにより、創建法隆寺としての斑鳩寺は一度焼失しており、現存する法隆寺西院伽藍は七世紀後半から八世紀初頭にかけ、場所や配置を変えて再建されたとする説がほぼ通説となっている。

再建された法隆寺には多くの謎が隠されており、特に建築様式の領域において、法隆寺西院伽藍の特異性は際立っている。

西院伽藍の出入口であるはずの中門には五本の柱が並び、柱間は四つとなっているが、これは極めて珍しい形式だ。門の中央に据え置かれた柱からは、まるで潜り抜けようとする人を拒絶しているかのような印象を抱く。

飛鳥寺《あすかでら》や四天王寺《してんのうじ》など、寺院の伽藍配置の初期段階では、中門の柱間の数は三だった。時代を経て伽藍の規模が拡大するにつれ、柱間の数も増えていったものの、薬師寺《やくしじ》や興福寺《こうふくじ》、東大寺《とうだいじ》の柱間は五と跳んでいる。

中門の五本柱については千年以上に亘って議論されているものの、いまだに答えは見つかっていない。

説の中には、聖徳太子の怨霊を鎮めるためなどといった突飛なものもあるが、論馬としては、かつては北側にも回廊が巡らされており、そこから塔と金堂を俯瞰《ふかん》したときに、中門の真ん中の柱が全体の構図を引き締める役割を果たしていた、という方が現実的ではないかと考えている。

いずれにせよ、法隆寺を再建した者、あるいは再建を指導した者の作為が働いていることに変わりはない。

それは伽藍配置にも通じることであり、法隆寺西院では中門から見て、右側に金堂、左側に五重塔が配置されている。

ところが塔と金堂が横並びになるような配置は、仏教寺院建築の伝来元であった大陸にも痕跡はない。

日本国内においても、同時代に建設されたほかの寺院は、ほとんどが中門・塔・金堂の順に縦一列の配置となっている。

さらに、再建される前の創建法隆寺——焼失した斑鳩寺もまた、縦一列の伝統的な形式になっていたことが発掘調査の結果で判明している。敢えて横並びにして再建したことには明確な意図が隠されていることに疑いはないだろう。

中門の五本柱の謎と併せて考えるのなら、全体の構図を考慮しての設計と見なすこともできるが、真相はいまだに闇の中だ。

五重塔と金堂の間を通り抜けた論馬は、その先の石灯籠が置かれた場所で振り返った。

左右非対称な眺めなのだが、なぜか違和感はない。中門も五重塔も金堂も、まるでそう配置されていることがむしろ当然であるかのような堂々とした佇まいだ。

ふと隅の方に目を遣ると、先ほどの外国人旅行客たちがずらっと回廊に並んでおり、ガイドの説明を聞きながら列柱の表面をしきりに撫《な》でているのが見えた。

法隆寺の円柱には、胴体部分に独特な膨らみがある。

建築用語では「胴張《どうば》り」と呼ばれており、ギリシア建築における神殿にも「エンタシス」という柱中央部を太くなるよう設定された柱が用いられている。

ギリシア建築の柱は、時代を追ってドリス式、イオニア式、コリント式と変遷していった。エンタシスの技法が最も色濃く表れているのがドリス式で、その代表作がパルテノン神殿である。

このことから法隆寺の起源がアテネのパルテノン神殿に遡ると提唱した学者もいたが、決定的な証拠は見つかっておらず今では机上の空論として認知されている。

論馬自身も夢物語に過ぎないと思っていた。

つい先日、河口湖の湖畔で起きた陰惨な殺人事件に立ち会うまでは。

事件の後、実家がある奈良に帰省してからというもの、論馬はずっと考えていた。

日本建築の黎明期であった飛鳥時代から、黄金期の奈良時代にかけて、大陸から持ち込まれた文化の中には、これまでの常識を覆すような何かが紛れ込んでいたのかもしれない。

そんな考えが頭から離れず、居ても立っても居られなくなった論馬は法隆寺へと足を運んでいたのだった。

法隆寺は大陸から伝来した文化の影響を色濃く残しつつも、伝統に囚われない建築様式の下に生み出された稀有《けう》な文化財だ。閃きを期待するだけの価値はある。

これまで見落としてきた何かがないかと、論馬は祈るような気持ちで境内を彷徨っていたのだが、収穫はさっぱりだった。そろそろ潮時だろう。

大抵のことは一人でこなしてきた論馬だったが、この時ばかりは行き詰まりを感じていた。

その瞬間、とある女性学者の顔が頭を過ったが、論馬は全力で彼女の残影を振り払った。下手に関われば、また厄介ごとに巻き込まれるかもしれない。

そろそろ引き揚げようと、論馬は元来た道を辿って出口へと向かった。

再び五重塔と金堂の間を抜けたところで、塔の横で柵に囲われ、ぽつんと一つだけ佇んでいる石灯籠が視界の端に映った。思わず立ち止まる。

近付いてじっくりと観察してみたが、何の変哲もないただの石灯籠だ。それでも論馬は何か引っ掛かるものを感じていた。

しばらく待ってみたが、ついぞ閃きは訪れなかった。論馬は落胆する一方で、まあこういう日もあるかと気を取り直し、今度こそ家路につくことにした。

2

論馬の実家は奈良市瓦堂町《かわらどう》の外れにある。

東京の大学に勤務している長男の秀一と、普段は京都市内の学生寮を住まいとしている次男の論馬。家族のうち、この二人を除いて、両親ともう一人、年の離れた高校生の妹が実家に住んでいる。

両親の夫婦仲は、久方ぶりに帰省する次男を温かく出迎えることもなく、二人きりで海外旅行に出かけるほどには良好である。

妹は妹で、昔から秀一ばかりに懐いており、どちらかと言うと論馬は軽く見られていた。

こんな家庭環境で捻くれもせず、よくもまあ真っ当に育ったものだと我ながら感心するばかりだ。

法隆寺から戻った論馬は荷物を置いてすぐにまた出かけるつもりだった。

快晴の休日には奈良公園での昼寝が至上の喜びとなる。隣に野生の鹿が寝そべっていればなお良い。実際に鹿の何匹かとは旧知の仲である（はずだと論馬自身は信じている）。

勝手に名前を付け、餌付けしていた甲斐あって、論馬が公園に行くと特定の鹿が自然に群がってくるようになっていた。そんな日には、芝生にシートを敷いて文庫本片手に寝転びながら、ひたすら読書に耽るのだ。

鹿に囲まれた論馬が無防備に眠っている光景を少なからず知っている妹は、「あれが本当の馬鹿よ」と学友たちに向けて話しているらしい。

家の玄関を開けた論馬は、足元に見慣れないハイヒールが置かれているのに気付いた。

妹の友人だろうか。ハイヒールを普段履きにしているとは中々に大人びた女子高生ではないか、などと暢気《のんき》に構えていたのが運の尽きだった。

「嘘！　野生動物に名前を付けてる人なんて、私、初めて聞いたかも」

「ほんとですって。しかも、鹿太郎《しかたろう》だの鹿次郎《しかじろう》だの鹿三郎《しかさぶろう》だの、ネーミングセンスも最低最悪で超絶適当なんです」

「あはは、それで判別できるのが逆に凄い」

軽快なガールズトークが耳に飛び込んでくる。明らかに論馬のことをだしにしていることは分かるが、それよりも深刻なことは、

――この声、まさか。

足をもつれさせながらリビングに飛び込んだ論馬は愕然として叫んだ。

「ゆ、由布院さん？　どうしてここに」

「あら、お帰りなさい」

まるで家主のように声を掛けてきた由布院蘆花に、危うく「ただ今帰りました」と応じそうになった。

「あたしもいるよー」

「那綱《なづな》」

論馬はひらひらと手を振っている妹の前に立つと、

「知らない人を家に上げるなって教わらなかったのか」

「言われなくても分かってるし。それに教わったとしたら兄貴じゃなくて秀兄《しゅうに》ぃからだと思うけど」

那綱は唇を尖らせながら、そっぽを向いた。

彼女、不結那綱は論馬の実の妹だ。

再婚した両親の子供なので、論馬とは半分血のつながった兄妹関係にある。

ふわりとしたセミロングの茶髪に、論馬と肩を並べるほどの長身。黙っていればそれなりに映える容姿をしているのだが、相手が誰だろうと歯に衣《きぬ》着せぬ物言いで圧倒する気の強さと喧嘩《けんか》っ早い性格から、男子よりも女子にモテるらしい。本人談なので真偽は不明だが。

「あたしだってちゃんと確認したんだからね。秀兄ぃと兄貴の知り合いだって言ってるから平気かと思った」

「そうよ」由布院も頷いた。

「目が死んでるお兄さんって言ったらすぐに信用してくれたわ」

「それでまかり通るんですか……」

二人はいつの間にか意気投合していたようだ。

こうして見比べると、何となく雰囲気が似ているなと論馬は思った。

呆然としていると「とにかく座って」と由布院に促される。これではどちらが客なのか分かったものではない。

論馬はこの後の予定がすべてふいになったことを嘆きながらテーブルに着いた。

「それで、今度は何用ですか」

「あなたにも察しは付いているんじゃない」

由布院は猛禽類《もうきんるい》を思わせる鋭い目でこちらを見据えている。落ち着かない気分だ。

「もしかして、さっきまで俺がどこに行っていたか知っているんですか？」

「さあね。でも予想はできる」

由布院はさらりと言ってのけた。

「法隆寺か、あるいは東大寺。その辺りじゃない？」

「……お見事です」

論馬は溜息を吐《つ》くと、

「考えることは一緒ですか」

「みたいね」

論馬はうんざりしていたが、由布院は満更でもなさそうな様子だった。

「例の事件を通して、富士山とピラミッドにはまだ証明されていない繋がりがある可能性が浮上した。もしかすると、ほかにもあるのかもしれないわ。飛鳥奈良時代に密かに伝来し、日本の文化に大きな影響を与えていた何かがね」

「何か何かと、随分とまた曖昧な表現ですね」

とはいえ、取っ掛かりがないことには違いないだろう。論馬も明確な根拠があって法隆寺を散策していたわけではない。

「そういえば由布院さん、兄にも事件の顛末は話したんですよね。何か言っていませんでしたか」

「残念。ちょうど出張講演と被っていてね。ひとまずメールは打っておいたけど、返信はまだ来てないわ」

「なるほど……」

論馬は歯痒《はがゆ》い気分に駆られたが、

「それで僕の様子を見にきた、と」

「まあそんなところ。でもその様子じゃ論馬君の方でも進展はないみたいね」

「ねえ、さっきから何の話をしてるの」

隣で聞いていた那綱が論馬を肘で小突いた。

「事件って何? 兄貴、遂《つい》に人を殺《や》っちゃったの?」

「遂にとはどういう意味だ」

聞き捨てならない台詞に憤慨しながらも、論馬は那綱に天金白山荘での一件を話して聞かせた。

「あまり愉快な話じゃなかっただろ」

「いや、全然」

那綱は目を爛々《らんらん》と輝かせている。

「殺人現場に出くわすとか滅多にないよ。しかもその場で解決しちゃうなんて、まるで探偵みたいじゃん」

「冗談でもやめてくれ」

論馬は本気でそう答えた。

「うーん、でもこれならもしかして……」

那綱は指を下唇に当てて何やら考え込んでいる。

「どうした、いつになく真剣だな」

「お悩みなら私も相談に乗るわ」

由布院が頷いたのを見て、那綱はようやく決心したようだった。

「実は、あたしの友達が困りごとを抱えてるみたいなの」

「困りごと？」

「うん。その子の実家は、古くから続いている石材店なんだけど、数日前、敷地内で火災が起きたんだって」

「ほ、ほんとかよ。怪我人は？　友達は大丈夫だったのか」

勢い込む論馬に、那綱は苦笑する。

「大丈夫。誰も怪我はしてないって言ってた。ただ、資材置き場の一棟が全焼しちゃったんだって」

「そうか……」

有事とはいえ、死者や怪我人が出なかったのは不幸中の幸いだろうか。

「それだけじゃないんでしょう」

由布院が尋ねると、那綱は小さく顎を引いた。

「はい。どうやら出火した原因がまだ分かっていないらしいんです」

「よく知らないが、石材店では火を扱わないのか？」

「ほとんど使うことはないって聞いてる」

「じゃあ、従業員の煙草の不始末とか……」

「それがね、火事が起きた時間帯、従業員全員が事務所にいたんだって」

「だったら外部の人間が怪しいな。まだ放火と決まったわけじゃないんだろうけど」

「それがね」

那綱は声を潜めると、

「その子があたしだけにこっそり教えてくれたの。石材店の経営者にあたる彼女のご両親は、従業員の誰かがやったんじゃないかって疑っているらしいのよ」

「何か心当たりでもあるのか」

「近頃、経営がうまくいってないみたいでさ。従業員の給料を大幅に下げたんだって。それなのに仕事量はどんどん増やしているみたい。その結果、従業員の不満とストレスがかなり溜まっているんだって」

「そのうち、ストライキでも起きるんじゃないか」

「やめてよ。その子、本気で困ってるんだから」

「今のは論馬君が悪いわね」

二人に責められ、論馬はしょんぼりと俯いた。

「それでお友達のご両親は疑心暗鬼になってるってわけね」

由布院は腕を組んだ。

「当然、警察の調査も入ったんでしょう？　結果はどうだったのかしら」

「さっき兄貴が言った通りです。従業員がお互いに無実を証言している以上、部外者による放火として捜査を進めているみたいです。ただ、目撃者がまったく見つからないみたいで警察も手を焼いているんだとか」

「火災だけにな」

冷めた目で睨まれ、論馬は再び項垂《うなだ》れた。

「だったらこのまま警察に任せればいいじゃないか？」

至極当然のことを言ったつもりだったが、那綱の表情は優れない。

「友達が心配してるのはさ、もし犯人が従業員の誰かだったとしたら、自分に捜査の手が及んでないのをいいことに、また何かしでかすんじゃないかってことなんだ。今度は火事よりも、もっと酷いことになるんじゃないかって……」

最後の方は消え入りそうな声だった。那綱にとっては大切な友人なのだろう。とてもではないが茶化す気にはなれない。

「じゃあ、話は決まったわね」

由布院が両手を叩いた。

「な、何が決まったんですか」

「那綱ちゃんは私たちに確認してほしいのよ。本当に従業員の中に犯人がいるのかどうか、その真偽をね」

「はあっ？」

論馬は耳を疑った。

「どっからそんな考えが出てくるんですか」

「分からないの？　それでも血の繋がった兄妹なのかしら」

由布院は哀れむような目で論馬を見ている。

「彼女がこの話を切り出したのは、私たちが遭遇した事件の話を聞いたからでしょう。結果はどうあれ、私たちは天金白山荘で起きた殺人事件の犯人を突き止めた。その実績を見込んで私たちに捜査をお願いした、と。そんなところでしょう」

「由布院さん……」

那綱は感動しきった面持ちで由布院の手を取っている。羨ましくはないが、何だか面白くない。

「僕はお邪魔みたいですね。それでは失礼します」

論馬は踵《きびす》を返して逃げようとしたが、後ろからがっしりと襟首を摑まれる。

「何処《どこ》へ行こうっての」

「すみません。腹をすかした仔《こ》たちが僕を待っているんです。はやく鹿せんべいを食べさせてやらないと」

「あなたが餌やりをしなくても、ひっきりなしにやってくる観光客のお布施で事足りるわ」

由布院は冷酷に言い放つと、那綱に向かって、

「お兄さんも一緒に行ってくれるそうよ。現場まで案内してくれるかしら」

「は、はい！」

こうして論馬の平穏な休日は、あっけなく終わりを告げた。

3

現場について那綱に場所を尋ねると、奈良市の西域、学園大和町《がくえんだいわ》にある石材店であるという。

学園大和町は瓦堂町から八キロほど離れた区域にある。徒歩で向かうには厳しいため、最寄りの駅から近鉄奈良線で大阪難波《なんば》方面の電車に乗り、数駅先の学園前で下車、

そこからはタクシーで向かうことにする。

住宅街を抜けると、途端に民家の数は少なくなったが、反対に一軒一軒の敷地は広くなるようだった。片側の道路沿いには古めいた一軒家が不均等な間隔を空けて並んでいる。

二キロほど走ったところでタクシーは路肩に停まり、そこでメーターが下りた。

車を降りた論馬が顔を起こすと、木立の合間にひっそりと佇む二階建ての店舗併用住宅が目に入ってきた。

一階はガラス張りのショウウィンドウになっており、軒下にベランダがせり出ている二階部分は居住用だと思われる。

一階と二階の狭間、ベランダの外壁には『鳥羽見《とばみ》石材店株式会社』と銘打たれた横長の看板が掲げられていた。

薄水色のトタン屋根を頂いた建物は平入りになっており、玄関は看板の真下にある。

しかし建物のどこにも火災の被害による損傷は見られない。

どういうことか那綱に尋ねようとして振り返るが、既に彼女の姿はなかった。

周囲を見返してみれば、いつの間に車を降りたのか、那綱は由布院と共に鳥羽見石材店の玄関先に立っており、誰かと話し込んでいた。

慌てて追いかけようとしたが、背後からタクシー運転手に止められる。どうやら会計がまだらしい。

ようやく二人に追いついた論馬は、那綱と親しげに会話している女の子に目を留めた。

「もしかして君が……」

「初めまして。鳥羽見鞠子《まりこ》です」

厚手のパーカーを羽織った少女がぺこりと頭を下げた。

「お噂はかねがね。あなたが鹿のお兄さんですね」

「鹿の、何だって？」

馬のお兄さんなら分かるが、なぜ鹿なのか。首を捻っている論馬の肩を那綱が叩いた。

「ごめんごめん。公園でいつも兄貴が鹿とたむろしてることを言い触らしてるうちに、そんな呼び名が定着したみたい」

「なんだそりゃ」

論馬は口の中で「鹿のお兄さん」と反芻《はんすう》してみる。意外と悪い気はしない。

「那綱ちゃんからさっき連絡をもらいました。火事の原因究明に協力していただけるとか」

「その話だけど」論馬は気後れしながら、

「僕たちは別に事件捜査の専門家ではないので。お役に立てるかどうか」

「でも殺人事件を解決したって聞きました」

「いや、あれは特殊なケースで……」

期待と羨望《せんぼう》に満ちた目が眩《まぶ》しい。誤解を解くのは骨が折れそうだ。

「と、とにかくやれるだけのことはやります。現場はどこですか」

「こっちです」

鞠子に先導され、玄関を潜り抜ける。その先はやや開けた空間になっており、石材店の看板に違わず、壁際は墓石やら石灯籠やら置物やらでびっしりと埋め尽くされていた。

表面を丁寧に磨かれた石材は、外から差し込んでくる日光を反射して眩い輝きを放っていた。経営がうまくいっていないという話は本当のようで、休日の昼下がりなのに、店内に客の姿はない。

先入りしていた由布院と那綱はというと、カウンター付近で見知らぬ誰かと会話をしている。

論馬の視線に気付いたのか、由布院が顔を上げてこちらを手招きした。もう少し店内を見て回りたかったが、論馬はすぐさま招きに応じた。

「この方は鳥羽見灯里《あかり》さん。鞠子ちゃんのお母さんで、鳥羽見石材店の副社長だそうよ」

由布院からの紹介を受け、論馬も自分の素性を告げる。

「突然押しかけてしまってすみません。僕は京都の巳羅大学院に通う学生で、不結論馬といいます」

「話は聞いてるよ。娘が世話になってるみたいだね」

「いや、正確には僕の妹が鞠子さんのお友達みたいで」

「そうなのかい。まあ細かいことはいいよ」

鼠《ねずみ》色の作業着に身を包んだ女性は、さばさばとした態度で論馬の挨拶に応じた。額の真ん中で分けられた短髪は薄めの茶色に染められている。年は三十代後半といったところか。

灯里はしげしげと論馬を眺めていたが、

「それで本当なのかい。放火魔を見つけてくれるってのは」

「いやちょっと待って、待ってください」

取り返しのつかない方に話が進んでいきそうで、論馬は慌てて制止する。

「二人から何を聞いたのかは知りませんが、期待はしないでください」

「そこのお嬢ちゃんからは、大船に乗ったつもりでって言われてるけど」

灯里は親指で那綱を指した。当の本人は不二家のマスコットのように舌を出している。

――あいつめ……。

「論馬君」

それまで傍観者に徹していた由布院が割り込んできた。

「やるだけやってみるのもいいんじゃないかしら」

「ですが火災が起きてから既に何日も経過しています。証拠なんて残っているはずがありません」

「戦う前から白旗とはね、張り合いのない」

由布院は論馬を一蹴すると、

「灯里さん、ほかの従業員はどちらに？」

「全員、店の裏手にある作業場にいる。この時間は石の加工をしているはずだね」

「後で少しお話を伺ってもいいですかね？」

「ああ。お任せするよ」

「あの」と、論馬は右手を立てた。

「火災が発生した当時、灯里さんもその場にいたんですか？」

「ああ。私を含めた全員がこの事務所の二階に集まっていた」

「よろしければその時のことを聞かせていただけませんか」

「仕方ないね」

灯里は億劫そうに肩を竦めたが、事件当日のあらましについて語ってくれた。

火災が起きたのは一月十九日の午前、偶然にも論馬と由布院が天金白山荘を訪れた日の翌日だったという。

その前の晩から、全国的に冬型の気圧配置になっており、列島は厳しい寒さに見舞われていた。

奈良市内では降雪はなかったらしく、翌朝は通常通り全員が出勤したらしい。始業は九時ちょうど、三人の従業員がまず作業場に向かった。

事務周りを担当している副社長の灯里と、社長の鳥羽見大吾《だいご》の二人はそのまま事務所に残っていたという。

午前十時半、定例の業務会議のため、作業場で仕事をしていた三人が事務所へと戻ってきた。この時はまだ誰も異変には気付いておらず、異変が起こるまでの間、誰一人として外に抜け出した者はいなかったという。

そして午前十一時二十分頃、窓際にいた従業員の一人が、立ち上る黒煙の存在に気付く。

事務所にいた全員が外へ飛び出し、作業場の一角にある古い資材置き場から火の手が上がっているのを目の当たりにした。

三人の従業員はそのまま消火活動にあたり、灯里と大吾は警察と消防を呼ぶために事務所へと駆け戻った。警察にもその時の通報履歴が残っており、午前十一時二十九分のことだったという。

彼らにとっては不運なことに、ほぼ時刻を同じくして、何と隣町でも別の火災が発生していた。そちらの方が遥かに火災の規模が大きかったため、出動した消防車の大半がそちらに回されており、鳥羽見石材店に消火班が到着したときには、通報からおよそ三十分が経過していた。消火活動の遅れも相まって、本来ならば小火騒《ぼや》ぎで済んでいたところが、一棟全焼という事態になってしまったのだという。

それを聞いた論馬は思わず灯里に尋ねていた。

「ほぼ同じ時間帯に別の火災が？」

「先に言っておくが、同一犯による放火とかじゃあないぞ」

灯里は首を振ると、

「別の火事の方では既に火元が判明しているらしい。聞いたところによれば、家主の煙草の不始末だとさ」

「なるほど」

市内の空気は乾燥し、火災が起こりやすい環境ではあったらしい。

ちなみに、被害の規模からも別の火災の方が深刻であり、そちらは盛んにニュースで報道されたものの、鳥羽見石材店の火災はおまけ程度に扱われるぐらいだったと、灯里は苦々しげに話していた。

「ありがとうございます。事件当日のおおまかな動きは把握できました」

論馬は礼を言うと、

「確認ですが、消火活動の状況については、ご自分の目で見ていたわけじゃないんですね」

「ああ。そこについては、現場に残った従業員の三人に直接聞いてもらった方がいい」

「分かりました」

論馬は由布院に目配せすると、裏手にあるという作業場に向かうことにした。従業員に話を聞くだけでなく、念のため資材置き場の焼け跡も一度見ておきたかった。

後ろから付いてきた那綱と鞠子が勢い込んで訊いてくる。

「どう、何か分かった？」

「さっぱりだな」

論馬は正直に答えた。さすがに今の情報だけでは、出火の原因など突き止めようがない。

由布院も同意見のようで、「まだ情報集めの段階ね」と頷いた。

「気になるのは、始業の午前九時から、事務所で定例会議が始まった午前十時半までの間、従業員が何をしていたのかってところかしら。この辺りが重要になりそうだけど」

「最悪の場合、三人全員が結託して何かを計画したってことも考えられますよね」

「ど、どういうことですか？」

鞠子がぎょっとしたように言った。

「あなたが教えてくれたことよ。従業員の三人が会社での待遇に不満を持っているかもしれないって。動機なら十分ね」

由布院がそう答えると、鞠子は沈痛な面持ちで口を噤《つぐ》んだ。彼女の心中では、従業員を信じたい気持ちと猜疑《さいぎ》心とがせめぎ合っているのだろう。

「とにかく、話を聞くときは慎重にね」

「こういうのは苦手なんですがね。ああ、胃が痛くなってきましたよ」

すっかり逃げるタイミングを失った論馬は今更ながらに後悔し始めていた。

4

石材店の作業場と聞かされていたため、物々しい機材に囲まれた殺風景な場所を想像していたが、そこに広がっていた光景はまるで違うものだった。

開放的な青空の下、見晴らしの良い開けた空間が広がっている。

大きく三つの区域に分かれていて、向かって左手、南側の区画には西洋式の墓地のような風景が、向かって右手、北側の区画には打って変わって日本式の庭園のような風景が広がっている。

正面には壁のないプレハブ小屋のような建物があり、ここが実際に石材の加工を行う作業場となっていることが見て取れる。

どうやらギャラリーを兼ねた作業場というのが正確な表現のようだ。

社屋の中にも墓石や石灯籠の見本が置かれていたが、ここでは霊園や寺院、個人宅の庭などで石が置かれたときの光景を、より具体的なイメージとして認識してもらうための場所となっている。これぱかりは屋外でしか再現することはできないだろう。

見た目にも奇妙な和洋折衷の庭園だ。

左区域の地面は白いレンガとタイルで舗装されており、その上には均等な間隔を空けて、白と黒の墓石が立ち並んでいる。墓石の隙間には色とりどりの花々が植え込まれていた。

敷地内は、膝までの高さの生け垣によって理路整然と区分けされ、隅の方には噴水も置かれていた。

反対に右区域では純然な和式庭園が再現されており、地面には砂利が敷かれ、大中小さまざまな大きさの石灯籠が所狭しと展示されていた。

「それにしても、こうもお墓が多いと嫌でも思い出しますね」

論馬の何気ない呟きに那綱が反応する。

「それって今朝聞いた殺人事件のことだよね？」

「あの、もしよければ私にも詳しく教えてくれませんか」

真剣な表情の鞠子に、論馬はやむなく説明する。

「実は――」

那綱に語って聞かせた内容を繰り返したが、意外にも鞠子が食いついたのは、殺人とは別のところだった。

「富士山の語源がピラミッドにあった……。凄い、それが本当なら大発見ですね！」

両手を胸の前で組み、鞠子は恍惚《こうこつ》とした表情を浮かべている。

論馬は、なんていい娘《こ》なんだろうと、泣きたくなった。どこぞのじゃじゃ馬に、彼女の爪の垢《あか》を煎じて飲ませたいくらいだ。

そのじゃじゃ馬が余計な口を挟んでくる。

「でもさ、ピラミッドってエジプトで造られていたお墓なんでしょ。全然山と関係ないじゃん」

「墓だというのはあくまで定説だ。まったく別の目的で建造されたとして異議を唱える者も少なくない」

「へえ、そうなんだ」

「この論争に終止符が打たれるのはまだ先のことになるだろうな」

「あたし、これまでずっとピラミッドが世界最古のお墓なんだと思ってたけど」

「仮にピラミッドが墓だと認められたとして、お墓の代名詞という肩書きは付かないんじゃないかな」

「どうしてですか？」と鞠子。

「その座は既に埋まっているからさ」

「何か有名なお墓があったということでしょうか」

「その通り。西欧では、偉大な指導者のために建てられた広大壮麗な霊廟《れいびょう》を指して『マウソレウム』という呼称が用いられていた。これはかつてのギリシア植民都市であり、現在ではトルコのボドルムにあたるハリカルナッソスという都市に建てられていた『マウソロス霊廟』に由来しているんだ」

紀元前四世紀、当時はペルシア王国に属していたカリアという国があり、その総督を務めていたのがマウソロスである。

「マウソロスは大規模な都市建設計画を進め、ハリカルナッソスの街を難攻不落の要塞都市として生まれ変わらせた」

マウソロスは存命中のときから自らの霊廟の建設に乗り出し、幾余年を経て完成したその霊廟は、実に二千年以上の長きに亘ってその場に在り続け、十六世紀に破壊され跡形もなくなってしまってからも、後世に築かれた何千何万という墓の模範としてその名は受け継がれていった。

「大理石の白い輝きを放っていたこの霊廟は、ハリカルナッソスの中心地にあり、方形の基壇の上に列柱で支えられたピラミッド形の屋根を冠していた。外壁に沿ってライオンの石像やギリシア賢人の彫像がずらりと並べられ、基壇の周囲にはギリシア神話やアマゾン族との闘いの様子を描いた彫刻帯が巡らされていたらしい」

「補足すると、彫像のごく一部は奇跡的に発掘されて、現存しているわ。今では大英博物館に収められているはずね」

由布院が博識を披露する。この辺りについては彼女の専門でもあるらしい。

「故人の威光を示すために巨大な墓を造る。これは古今東西、普遍的な発想であったことは明白だわ」

「ええ。日本でも古墳という分かりやすい例がありますね」

論馬は頷いた。

古墳が時の権力者の墓であったことは周知の事実だ。

しかしながら、墓標の建設においてその後の日本が歩んだ道のりは西欧諸国とは真逆の方向へと向かうこととなった。

転機は六四六年の「薄葬令《はくそうれい》」の発布だろう。古墳の建設に労働力が割かれないようにするため、墳墓の規模には一定の制限が設けられるようになった。以降、古墳の建造は下火になっていく。

「薄葬令の発布以降、墓の規模は縮小の一途を辿ります。それに呼応するようにして、霊廟においても質素で画一的な形式が保たれてきました」

「ねえ兄貴、ちょっと聞きたいんだけど」

那綱が論馬の袖を引いた。

「そもそもの話、お墓と霊廟って別物なの？」

「まあな」

「あ、それなら知ってますよ」

鞠子が手を挙げた。

「お墓は遺骨や遺灰を納める場所で、霊廟は亡くなった方を祀る場所というのが一般的です。いかがでしょうか……？」

「文句なし。鳥羽見さんの言った通りだ」

さすが石材店のご息女だと、論馬は感心する。

「死者を祀るという意味では、お墓も霊廟に含まれるんだろうけどね」

「まつるって何？　人が死んだのにお祭りすんの？」

お前が死んだら盛大にお祭りしてやるよ、と言いかけたが、ぎりぎり踏みとどまる。

ここで選択を誤れば、恐らく先に逝くであろう自分の葬式が、パリピの集いになりかねない。

「ひと言で説明するのは難しいが、神仏や先祖の霊魂に祈りを捧《ささ》げて、慰め奉るってところかな」

「うーん、分かるような分からないような……」

那綱は首を傾げていたが、

「まあいっか。死んじゃった人からしてみれば、お墓だろうが霊廟だろうが、どっちでも構わないよね。結局は供養する側の自己満足なんだし」

「また身も蓋《ふた》もないことを……」

論馬は引いていたが、ある意味そうなのかもしれない。

「お前、たまに鋭いところを突くよな」

「でしょ」

那綱はぐっと親指を立てた。

「やっぱし故人のことを一番に考えないとね。兄貴が死んだときも安心していいよ。ちゃんと大好きな奈良公園に骨を埋めてあげるからさ」

「……冗談だよな？」

論馬は引き攣った笑みを浮かべる。遺言はしっかり書き残しておこう。

「す、少し話が逸れたけど……。かくして日本の霊廟は質素化していったわけだが、この風潮は古代・中世どころか現在にも通じる暗黙の了解となっている」

そこで由布院の指摘が飛んだ。

「だけど、日本の霊廟建築史において、突然変異とも言える建造物が栃木県に存在しているわよね」

「ええ。『日光東照宮《にっこうとうしょうぐう》』ですね」

日光東照宮とは、江戸幕府の初代将軍、徳川家康《とくがわいえやす》を神格化した「東照大権現《とうしょうだいごんげん》」を祀る霊廟だ。

日光山の周辺は日本古来の神道と仏教思想が融合した山岳信仰の聖地として、古くから知られていた。

続く江戸時代、家康の側近である天海《てんかい》という僧が、日光山の再興を行い、社寺の修繕が進むこととなる。

一六一六年に家康が没すると、その遺体は日光に葬られ、翌年には東照宮の前身となる「東照社」が造営され、一六三四年には、三代将軍の家光《いえみつ》のもとで「寛永の大造替《だいぞうたい》」と呼ばれる大改修が施された。

東照宮を代表する建造物の「陽明門《ようめいもん》」は一六一七年に建設され、寛永の大造替において今に残る姿が完成した。

高さ十一・二メートル、横幅七メートルに及ぶ二階建てのこの門は、入母屋造で、屋根は銅瓦葺になっており、四方すべてが装飾彫刻や文様で埋め尽くされている。

その様式美は絢爛豪華そのものであり、霊獣や花鳥、人物の彫刻は五百八体にも数えられている。

「彫刻の制作は、寛永の大造替で棟梁を務めた甲良豊後守宗広《こうらぶんごのかみむねひろ》が主導していたが、下絵については狩野派の絵師『狩野探幽《かのうたんゆう》』という人物がほぼ一人で描き上げたものであると言われている」

狩野孝信《たかのぶ》の長男として生を受けた探幽は、幼少の頃からその天賦の才を開花させており、弱冠十六歳で幕府の御用絵師となっている。

探幽は一族代々受け継いできた伝統的な表現手法だけでなく、やまと絵や古画からも着想を得ており、写実を軽んじることなく写生と模写を欠かすこともなかったという。

「幕府の御用絵師である彼が、初代将軍の霊廟、その造替に関わることとなって奮い立たなかったはずがない」

もし探幽の美への追求が遥か海を越えた先にまで及んでいたとすればどうだろう。

この時代において、ハリカルナッソスのマウソロス霊廟が健在であったのは、わずか百余年ほど前のことに過ぎない。

ありとあらゆる表現手法を貪欲に吸収していた探幽のことである。霊廟の下絵を任されるに当たって、音に聞いていたマウソロス霊廟の噂を思い起こし、ここぞとばかりにその妙を陽明門に盛り込んだ可能性も否定できないのではないか。

東照宮に纏わる謎は多く、その中の一つが、なぜ探幽が陽明門の下絵制作について、分業せずにすべて一人で行ったのかというものだ。

それはマウソロス霊廟の心象を思い描くことができたのが、唯一、探幽だけであったと考えれば納得がいく。

魔除けのライオンはそのまま唐獅子《からじし》や狛犬《こまいぬ》の彫刻に受け継がれ、マウソロス霊廟の頂上に置かれていた騎馬は龍馬《りゅうば》へと姿を変え、ギリシアの歴史を物語った彫刻帯やギリシア賢人の彫像は、中国の子供や聖賢の人物彫刻となって配される。入母屋の三角屋根は、仏教建築の伝統的な形式でありながらも、かつてマウソロス霊廟にあったピラミッド形の屋根をも彷彿《ほうふつ》とさせる。

「日光東照宮を『東洋のマウソレウム』として甦《よみがえ》らせる。そんな強《したた》かな目論見が探幽の頭にあったとすれば、今なお輝きを放つ陽明門の存在は、彼が見事に己の願望を果たしたことを密かに物語っているのではないかと、僕には思えるよ」

「夢のある話ですね」

鞠子は目を潤ませていた。

「何だか東照宮に対する見方が変わったような気もします」

「それは良かった」

論馬は照れ臭くなって頰を掻いた。

「建築史をこれまで支えてきたのは、名もなき学者たちが抱き続けた、ひたむきなまでの探求心だった。少しでも興味を持ってくれたのなら、それに越したことはないよ」

5

会話を弾ませながら従業員の姿を探していると、正面のプレハブ小屋の下で椅子に座り、黙々と作業に打ち込んでいる三つの人影が目視できた。

「お仕事中にすみません」

論馬たちが声を掛けると、三人は驚いたように顔を上げた。

「あなた方は？」

一瞬、論馬は答えに詰まった。先日の火災が従業員の手によるものではないかと疑っており、その可能性を調べにきました。こんなことを正直に言ってしまえば間違いなく警戒されるだろう。

答えあぐねている論馬を見かねたのか、由布院が前に出た。

「由布院と申します。実はこのたび、祖父が亡くなりまして。葬儀の準備を進めているのですが、どのような墓石があるのか下見に来ているんです」

「そうでしたか……。お悔やみを申し上げます」

年配の男性が帽子を取って頭を下げた。

「この方は現場主任の小山内耕助《おさないこうすけ》さんです」

鞠子の紹介を受けた赤ら顔の男性は、「ほら、お前たちも挨拶しておけ」と残りの二人を急き立《せ》てた。

すると、年齢としては論馬と同じくらいか少し上くらいの青年が立ち上がった。

「南野昌平《みなみのしようへい》です」

残る一人も億劫そうに腰を上げ、

「……丹波《たんば》侑人《ゆうと》」と、ぼそぼそとした声で挨拶に応じた。

肌の色が白く目元が隠れるほどに前髪を伸ばしている丹波と、ほど良く日焼けし、短く髪を切り揃えた南野は見事に対照的な二人だった。

「よろしければ私がご案内しますが」

汗を拭きながら小山内が提案すると、

「では、ご厚意に甘えさせていただきます」

そう言って由布院は微笑《ほほえ》んだ。

去り際、由布院は論馬に向かって意味ありげなウインクを飛ばしてきた。この隙に火災当日の状況を訊き出せということだろうが、やることが古臭い。

――さて、どう切り出すか。

論馬が考えようとした矢先、

「あの、ここで火災があったって本当ですか？」

何の前置きもなく、那綱がいきなり核心に触れてしまった。

「ど、どうしてそれを？」

面食らった顔の南野に、論馬は慌てて補足する。

「実は那綱、妹が鞠子さんの友人でしてね。実家の石材店で火災があったという話を聞かされてから、ずっと気にしていたみたいなんです」

「ああ、鞠子ちゃんのお友達でしたか」

南野は安堵したような声を漏らした。

「あの時は大変でしたよ。燃えたのが、今じゃ誰も使っていない資材置き場だったので、まだ助かりました。火が付いたのが事務所だったらどうなっていたことか」

「誰も使っていなかった？」

「ええ。保管されていたものといえば掃除道具くらいでした」

──妙な感じだ。

焼失した建物はさして重要なものではなかった。

これを前提とすると、火災が意図的に引き起こされたものだとして、鳥羽見石材店へ大きな損害を与えるには遠く及ばない。

放火という大きなリスクを冒すのに、得られるリターン──この場合は会社が被る損害となるか──が小さすぎて、酷く不釣り合いな印象を受ける。

「南野さん、実際に資材置き場があった場所は？」

「あの辺りですね」

南野が指差したのは、敷地内の北側の区域、石灯籠のギャラリーが置かれた辺りだった。

地面には黒く焦げ付いた跡がくっきりと残っている。

「焼け落ちた建材などの後始末は既に済んでいます。しかし、社長も副社長も、新しく何かを建てる気にはなれないようで……」

「でしょうね」

論馬は頷いた。それが当然の感覚だろう。

「資材置き場はどのようなタイプのものでしたか」

「六帖《じょう》くらいのプレハブ小屋です。木造でだいぶ年季が入っていましたね。去年、壁を黒ペンキで塗り替えたばかりだったんですが」

「火災に最初に気付いたのは南野さんですか？」

「いえ」南野は首を横に振った。

「小山内さんです。いや、びっくりしましたよ。定例会議のさなか、突然悲鳴を上げて、腰を抜かしていたんですから」

「現場で消火を担当したのは従業員の皆さんだったようですね」

「えっ、なぜそれを？」

南野は怪訝そうに眉を顰《ひそ》めた。

――しまった。少し踏み込みすぎたか。

論馬は迂闊《うかつ》だったと心の中で舌打ちする。

「いえ。先ほど副社長、鳥羽見灯里さんから少しだけ話を聞いていたものですから」

「ああ、なるほど」

南野はあっさり納得したようだった。取り敢えず誤魔化せたようだ。

「確かにそうです。僕と丹波、そして小山内さんの三人で消火を試みたんですが、想像以上に火の勢いが強くて……。読んで字のごとく、焼け石に水でしたよ」

「備え付けの消火器を使われたんですか」

「そう、ですね」

南野は僅かに口籠った。

「消火器を持ってきたのは丹波でした。事務所の一階に常備してあることに気付いたみたいで」

「あなたは気付かなかったんですか？」

「僕も気が動転してましたので」

南野は恥ずかしそうに頭を掻いた。

「事務所の二階から真っ先に火災現場に向かったところまでは良かったんですが、小さなバケツに汲《く》んだ水を必死に掛けていました」

「水汲みというと、もしかして」

「はい。噴水に溜まっていた水です」

論馬は南側の区画にある噴水に目を遣った。火災があった場所からはだいぶ離れている。

遠巻きに、由布院が小山内から墓石についての説明を受けているのが見えた。

「つかぬことを聞きますが、火災があった当日、何か普段とは違うことはありませんでしたか。どんな些細《ささい》なことでも構わないんですが」

「うーん、そう言われましても」

南野は困ったような顔で、

「特に変わったことはありませんでしたよ。僕ら三人とも、九時に始業してからずっと作業台の近くにいました。誰も資材置き場には近付いていないはずですので、異変があったのか分かりません」

「……いや、一つだけ気になっていたことがある」

それまで黙りこくっていた丹波が初めて口を開いた。

「あの日、資材置き場の正面になぜか石灯籠が立っていた。普段そこには何もないはずなのに、いつの間にか置かれていたんだ」

「そうだったか？」

記憶にないのか、南野は首を傾げている。

「そう言われてみればそんな気もするが、どうだったかな……」

「あったよ。間違いない」

丹波は少しだけむっとしたように言い返した。

「消防隊が到着した直後、消火活動に邪魔だからって早々に撤去されたけど、確かにあった」

「どんな石灯籠だったか思い出せますか」

「確か……うん、この型だった」

丹波はいくつかの石灯籠の中から、一つを選んで手を置いた。

「これは『六角型石灯籠』。鎌倉時代に完成した石灯籠の基本型だ。上から『宝珠』『笠《かさ》』『火袋』『中台』『竿《さお》』『基礎』の六つの部材で構成されている」

論馬は四角形にくり抜かれた火袋の穴を覗き込んだ。

——この形、どこかで……。

「もしかして法隆寺五重塔の横に佇んでいる石灯籠も」

「ああ、六角型だね。日本国内で最も多く造られているのがこの型なんだ」

「なるほど……」

論馬には法隆寺境内にぽつんと佇む石灯籠の姿と、この場所にあったという石灯籠の存在が妙に重なって感じられた。

「石灯籠はどうやって組み立てているんですか？」

「人間の手には重すぎるからね。クレーンで石を積んでいる」

「えっ、クレーン車をこの敷地内で乗り回しているんですか」

論馬は驚いたが、

「いえ。使うのは『かにクレーン』という小型移動式のクレーンだ。あそこにあるのが見えるかい」

丹波が示した方向には、ターコイズ色の機材が置かれていた。確かに折り畳まれたクレーンが付いている。

「動くところを見てみる？」

「いいんですか。ぜひお願いします」論馬は興奮して頷いた。

丹波はポケットから取り出したエンジンキーをクレーンに差し込んだ。間を置いて、操縦モニターが表示される。

「少し離れてて」

丹波がモニターに触れると、折り畳まれていた四本の足がゆっくりと開いていく。

「おおっ！」

論馬は無意識に拳を握り締めていた。この類のメカニカルな造形には男子なら心躍るものがある。

「この足はアウトリガーといってね。アウトリガーが張り出した形状が『蟹《かに》』を連想させるから、かにクレーンという呼び名が付いたんだ」

「ぼ、僕にも操縦させてください」

丹波に頼み込んだが、苦笑を返された。

「ごめん。きちんと技能講習を受けた人じゃないと操縦は認められないんだ」

「そうでしたか……」

論馬は肩を落とした。

「もちろん従業員の皆さんは操縦できるんですよね」

「ああ。俺と南野、小山内さんももちろん動かせる。エンジンキーも全員に支給されているよ」

クレーンが次々に石を積み上げていくのを見学していると、由布院と小山内がこちらに戻ってきた。

　小山内は溜息交じりに、

「丹波、見せびらかすのはいいが壊すなよ」

「大丈夫ですよ。ちょうど終わったところです」

　丹波はぶっきらぼうに答えると、クレーンのエンジンを停止させた。

「論馬君」

　由布院が論馬の横に立ち、こっそり耳打ちする。

「何か分かった？」

「ええ。大体は」

　論馬も唇を動かさずに答えた。

「そちらの首尾はどうです」

「火災前夜から当日までの経緯は大体把握できたわね」

「では一つだけ教えてください」

　論馬は犯人の顔を頭に思い浮かべながら言った。

「火災があった前日、最後まで作業場に残っていたのは誰でしたか？」

「それは――」

由布院が口にした名前と、頭の中の犯人像がぴたりと一致する。

「これで分かりました。この事件、どうやら本当に放火だったようです」

「そう」

論馬の返事だけで由布院もすべて理解したようだ。論馬はその場にいる犯人を見つめながら呟いた。

「ただし物証がありません。はっきり言ってしまうと、これは完全犯罪に近い」

「じゃあどうするのよ」

しばし思案したのち、由布院に尋ねる。

「由布院さんって確か、煙草吸われましたよね」

「そうだけど、それが何か?」

「いえ。好都合です」

論馬は薄い笑みを浮かべた。

「一つ手伝ってほしいことがあります」

6

夕暮れ時を迎え、石灯籠に差した影は長く伸びていた。

既にその日の業務は終わり、誰もいなくなったはずの作業場には、一人の男が佇んでいる。

彼の前には、火災当日の状況を再現したかのように、六角の石灯籠が置かれていた。

「すみません。お仕事終わりにお呼び立てしてしまって」

論馬が背後から声を掛けると、彼は肩越しに半眼でこちらを見据えた。端正な横顔が夕陽に照らされ、妖しげな色気が漂っている。

「その石灯籠、小山内さんと丹波さんに頼んで積み立ててもらったんです。僕らじゃクレーンを動かせませんからね」

「寂しいですね。どうして僕には声を掛けてくれなかったんです」

そう言っておどけた南野昌平の目はまったく笑っていなかった。

「どうして、って、本当に分からないの？　それとも、敢えて気付かない振りをしているのかしら」

論馬の横に立っていた由布院が挑むように言った。

「あなたは既に一度、その場所に石灯籠を組み立てていたんでしょう？　小山内さんから聞いているわ」

火災が起きる前の晩、作業場に最後まで残っていたのは南野だったという。

「そして翌朝、普段は何もないはずの場所にいきなり石灯籠が現れた。誰にも見られることなく、石灯籠を組み立てることができたのはあなただけだったはずよ」

「そうかもしれませんね」

南野は首肯すると、

「でも石灯籠を置いたから何だというんです。消火活動の途中で解体されてしまいましたし、取り立てて騒ぐようなことじゃないでしょう」

「その石灯籠を使ってあなたが火災を起こした、そう言ってもですか」

「……はあ」

論馬の指摘に対して、南野は呆れ返ったように頭を振った。

「僕じゃなくて警察に話したらどうです。もっとも、こんな与太話なんて信じてはもらえないかもしれませんがね」

「いいですね。その台詞はしっかり記憶しておいてください。後でそっくりそのまま、あなたへと返してあげますから」

論馬は南野の正面に立ち、真っ向から向かい合った。

「酷いな。人を放火犯扱いするなんて」

「おっしゃる通り、放火と言うには少し語弊があるかもしれませんね」

論馬は石灯籠の笠に手を置いた。

「あなたは直接その手で火を放ったわけではない。この石灯籠を巧《たく》みに利用して資材置き場に火を付けたんですから」

「どうやらあなたは誤解しているようだ」

南野は蔑《さげす》むような目で論馬を見た。

「確かに石灯籠の火袋には、蠟燭《ろうそく》や行灯《あんどん》を置くことができるかもしれません。ですが、灯籠に火を灯すことはできても、ごく小さな炎です。火事なんて起こせない」

「誰も石灯籠で火を熾《おこ》したなんて言っていませんよ」

論馬は否定すると、

「資材置き場が炎上した原因は、限りなく自然発火に近いものだったのですから」

「ははっ」

とうとう南野は笑いだした。

「ひとりでに燃え出したとでも言うつもりですか。これは参った。そりゃあ警察にも分からないわけだ」

「正確には」

笑い声を鎮めるかのように由布院の鋭い声が飛ぶ。

「矛盾する表現になりますが、これはいわば人為的に引き起こされた自然発火です」

「さっきから何を言っているのか、僕にはさっぱりですよ」

砕けた調子は相変わらずだが、南野は徐々に苛立ってきているようだ。

「人的な自然発火ですって？　何をどうやったらそんな芸当ができるんです」

「収斂《しゅうれん》火災です」

核心を口にした瞬間、南野の表情が強張《こわば》った。

「特に空気の乾燥した冬場に発生しやすくなるそうですよ。道端に置かれたペットボトルの水や、軒先から吊り下がる氷柱《つらら》などがレンズ代わりになり、日光が一点に集められることで点火され、最悪の場合火災に至る。これが収斂火災です」

「馬鹿馬鹿しい」

南野は吐き捨てた。

「すると何です。僕が石灯籠を組み上げて、穴のところに虫眼鏡でも置いたって言うんですか」

「いいえ」論馬は冷静に答えた。

「虫眼鏡なんかじゃない。あなたが火袋に置いたのは『球体状の氷の塊』だったはずです」

「ふ、ふざけるな」

南野は青筋を立てているが、その反応は怒りではなく恐怖からきているもののようだ。その証拠に、顔はすっかり青白く歪《ゆが》んでいる。

「南野さん、あなたは火災が起きる前の晩に、クレーンで資材置き場の傍に石灯籠を組み立てた。その時、自宅で製作した氷の球体を、石灯籠の空洞に押し込んだんです。その夜は、記録的な寒さだった。分厚い氷は溶けることなく、翌朝を迎えることができたんです」

「そして始業時間になり、南野さんは石灯籠と氷塊がそのままになっていることを確認した」由布院が続ける。

「あなたは何食わぬ顔で業務を続け、そのうちに午前の定例会議の時間になる。従業員が事務所に戻って無人となった屋外では、当然のように東から西へと太陽が動き、やがて石灯籠の正面を通過する」

「そして氷塊によって集められた日光が資材置き場の一点に集まり、火が付いた。あなたは石灯籠を巨大な虫眼鏡に見立てて利用したんです」

「そんな小細工で火事が起きるはずないだろう！」

南野は怒号を上げた。

「百歩譲って、理論上は可能だったとしようか。それでも実際に着火することなんて、それこそ奇跡みたいな確率のはずだ」

「だから起こってしまったんですよ、その奇跡が」

自分で口にしながらも、論馬自身でさえ信じられないというのが本音だったが。

「あなたもまさか本当に火が付いてしまうなんて思ってもみなかったのでしょう。焦燥、混乱。あなたは取り返しのつかないミスを犯してしまったことに、今でも気付いていないんです」

「僕が何だって」

「ご自分で言っていましたよね。火災現場へは一番先に駆け付けたと。そして噴水で水を汲むと、資材置き場めがけて放水した」

「それのどこがおかしい。至って当然の行為じゃないか」

「では、どうしてわざわざ反対方向の噴水まで行く必要があったんですか？」

「それは……」

「事務所の一階には備え付けの消火器があったと丹波さんが言っていました。それを使えば事足りたはずです」

「だからそれは気が動転して」

「違いますね」

論馬は即座に否定した。

「火を消すためじゃない。あなたは証拠を消すためにその場に水を撒《ま》いたんです。そしてこの事実は現場に氷があり、南野さん、あなたが恣意的に工作を行っていたことをそのまま示している」

「嘘だ。そんなはずは……」

「先に消火器を使われ、もしそのまま鎮火していたら、明らかに目立ってしまっていたんです。溶けだした氷によって、石灯籠が濡《ぬ》れていたことが」

南野は消火活動の体裁で水を撒いたが、その本当の狙いは、既に石灯籠が濡れていたという事実を上書きし、その場に氷があったことを隠すことにあった。

「わざわざ遠くの水を汲んでくるなんて非合理な行動を取るのは、火災の原因にあらかじめ心当たりのあった人間くらいなんですよ」

南野は俯いたまま動かない。

「どうなの、何か反論はある？」

「……その必要がありますかね」

南野は引き攣った笑みと共に顔を上げた。

「面白いお話でしたが、残念ながらすべて憶測だ。証拠なんてもう何も残っていない。綺麗さっぱりなくなっているんですよ」

それは事実だった。南野の言う通り物証はない。だからこそ、

「本当に何も残っていないと思いますか？」

余裕を含んだ論馬の態度を前に、南野は一転して焦り始めた。

「は、はったりだ」

「ではお見せしましょう」

論馬は少し離れた場所に立つと、指で足元を指した。

「これを見てください」

南野は恐る恐る近付くと、示されたものを見下ろし呻き声を上げた。

「何だ、これは」

生け垣の草の一部が、僅かに焼け焦げている。

「これもあなたがやったことですよ」

論馬は囁くように言った。

「太陽はいわば動く光源です。何も石灯籠の正面にきた時にだけ日光が集まるわけじゃない。理屈の上では、日光が氷に差している時間帯なら、いつでも着火する機会があったんです」

「じゃあ、まさかこの焦げ跡は……」

「その通り。信じがたい話ですが、実際に石灯籠で火を付けられることは、ほかでもないあなたが証明してくれました」

崩れ落ちた南野の肩に論馬はそっと手を置いた。

「物証さえあれば、警察も動くだろうし、捜査の手もあなたにまで及ぶでしょう。悪いことは言いません、自首をお勧めします。もっとも」

論馬は南野の耳元に口を寄せると、湿った声で囁いた。

「こんな与太話なんて信じてはもらえないかもしれませんがね――」

7

南野が警察に自首をした翌日、論馬は由布院と一緒に再び法隆寺の土を踏んでいた。

結果として従業員が犯人だったこともあり、鞠子は素直に喜べない様子だったが、少しだけ晴れやかな表情を取り戻してくれたようだった。

那綱はというと、何か勘違いしているのか「ほとんどあたしのお手柄だね」とふんぞり返っていたが、否定するのも面倒だったのでそのまま放置している。

明くる日、論馬は由布院に誘いの連絡を入れた。

待ち合わせ場所は法隆寺西院伽藍の六角石灯籠。その前に二人は並び立っていた。

「そういえば、お礼を言っていませんでしたね」

「え、何のこと」

「もう忘れたんですか……。鳥羽見石材店での一件ですよ。南野さんを自首に追い込むために、一芝居打ったじゃないですか」

「ああ、そのことね」

由布院は欠伸《あくび》を嚙み殺しながら答えた。

「大したことじゃないわよ。ちょっとばかしライターで生け垣を焦がしただけ」

「平然と言ってますけど、ばれたら普通に犯罪ですからね」

咎《とが》めるつもりも責めるつもりもない。何しろ、そうするよう頼んだのは、ほかでもない論馬なのだから。

「南野さんに敗北を認めさせるには、自分は絶対の安全圏にいるという自信を突き崩す必要がありましたから」

「実際、証拠は何もなかったからね。ただ、奇跡的に収斂火災が起こってしまったことで、彼の心には隙のようなものができてしまっていたんじゃないかしら」

「普通の精神状態だったら、生け垣の焦げ跡を見ても、これは収斂火災によるものだなんて思いません。しかし、南野さんは自らの手で火を付けてしまった。不可能だったはずのことを現実に起こしてしまった。だからこそ、あの焦げ跡も、収斂火災によるものだと素直に信じてしまった」

「ま、信じるように仕向けたのは私たちだけど」

収斂火災か、と由布院は呟いた。彼女の視線の先には石灯籠が聳え立っている。

「どうして私をこの場所に呼び出したのか、何となく察しは付いているけどね」

「さすがですね」

説明する手間が省けたと、論馬はほっとした。

「エジプト西部の湾岸都市、アレキサンドリアには、カイト・ベイという要塞があります。ここにはかつて、巨大な灯台が建てられていました」

「アレキサンドリアの大灯台――ファロスの灯台と呼ばれることもあるわね」

今も現存するアレキサンドリアは、紀元前三三二年、マケドニアの英雄アレクサンドロス大王によって建設された街である。大王の名を冠した都市は各地に建てられたが、今ではその大半が失われている。

アレクサンドロス大王の亡き後、ギリシアからインドにまたがる広大な帝国は後継者争いによって三つの勢力圏に裂かれた。

そのうちの一つ、エジプトのプトレマイオス朝時代において、アレキサンドリアは交易の要として頭角を現すようになり、船を安全に港へ導くための灯台の建設が急務となった。

そこで当時の王であったプトレマイオス一世は、沖に浮かぶファロスという島に目を付け、その場に巨大な灯台が建設されることとなった。

完成までに二十余年を掛けたこの灯台は、高さにして百二十四メートルにも及んだという記述があり、地震によって倒壊するまで何世紀にも亘って地中海を照らし続けてきた。

「灯台にはさまざまな逸話がありますが、有名な話の一つに、火を灯すための炬火室《きょかしつ》には巨大な反射鏡があり、太陽光線を照射することで敵船を燃え上がらせたというものがあります」

「あら、何だかどこかで聞いたような話ね」

「そうですね」

論馬は苦笑した。石灯籠の収斂トリックはまさに、伝説の大灯台そのものだった。

「石灯籠の仕掛けが分かった瞬間に、僕はアレキサンドリアの大灯台を想起しました」

「同じく」

由布院は喜んでいるのか困っているのか、判断の難しい顔をしている。

「ここまで思考が似ていると、さすがに気味が悪いわね」

「それも同感です」

論馬は咳払いすると、

「もしかしたら全部繋がっているのかもしれません」

ピラミッド、そしてアレキサンドリアの大灯台。この二つを内包するのは、

「世界七不思議」

七つの驚異的な景観とも称されるこの概念は、遥か古代より多くの人々の心を惹き付けてきた。

すなわち、
バビロンの空中庭園

ギザの大ピラミッド
オリンピアのゼウス像
ロードス島の巨像
エフェソスのアルテミス神殿
ハリカルナッソスのマウソロス霊廟
アレキサンドリアの大灯台

このリストはあくまで普遍的な例の一つであり、どの建造物を不思議に選ぶかは、時代時代の提唱者によって大きく異なる。

最も有名なのは、紀元前三世紀のギリシア数学者にして冒険家、「フィロン」がまとめたリストだろう。

そこでは、アレキサンドリアの大灯台の代わりに、バビロンの城壁が七不思議の一つに数えられている。

「日本で建築が花開いた飛鳥奈良時代から、実に千年以上の間、誰一人としてその可能性に気付くことはなかった」

大陸との交易の中で、この七不思議が日本に伝来していたとしたら。

そして異国の絶景に感銘した時の権力者が、自国でも七不思議を再現しようとしていたとしたら。

ピラミッドを除き、既に世界から失われてしまったはずの七不思議が、シルクロードの終点である東の最果ての国で形を変え、密かに生き残っていたとしたら。

世界の見え方は少しだけ変わるのかもしれない。

「法隆寺はパルテノン神殿ではなかった。この世界最古の木造建築の正体は、『エフェソスのアルテミス神殿』だったんです」

法隆寺にまつわる謎は多い。

とりわけ伝統的な建築様式から逸れていることが論争を呼んでおり、西院伽藍の中門には五本の柱が、金堂と塔の並びも縦ではなく横になっている。

「ギリシア神殿の建築様式では、正面と側面が東西南北に沿って建てられる傾向にあります。そしてこの法隆寺西院伽藍もまた、ぴったりと東西南北の方角に合わせて建てられている」

さらにギリシア神殿では、日が昇る東側に入口が設けられており、内部に安置された守護神像を太陽が照らすような設計になっていた。

「再建された法隆寺の本当の入口は、中門ではなかったんです。東側の回廊に面した扉こそが、設計者の作為の下で本当の入口とされていたのではないでしょうか」

「東の扉を入口とした場合、塔と金堂は横並びではなく、伝統的な縦並びになっていることになるわね」

「そして東に金堂、西に五重塔が配置されたことにも理由がある。恐らく日が昇る際、塔の影に金堂が入り、本尊が陰ってしまうことのないよう配慮されたからではないでしょうか」

そして陽が沈む頃に、五重塔の影に金堂が入り、本尊はゆっくりと暗闇に紛れながら夜を迎える――こうした情景を現実のものとするため、西院伽藍の配置は徹頭徹尾考え抜かれていたのではないか。

「中門の五本柱についても、入口であるという前提で考えるならば、ほかの寺院との相違が浮き彫りになりますが、本当は側面の回廊の一部だったものを、全体を俯瞰したときのバランスを崩さないようにしつつ、見せ掛けの入口を造ろうとしたが故に、あのような形になったのではないかと」

「歴史上の逸話においても、アルテミス神殿と法隆寺には類似するところがあるわ」

「何ですか？」

「アルテミス神殿は一度完全に焼失していて、再建されたという記録が残っているの」

「確かに法隆寺も一度焼失しています」

「それだけじゃない。アルテミス神殿の焼失は、ヘラストラトスというギリシア人による放火が原因だった。悪行で有名になろうとすることは『ヘラストラトスの名誉』といって、その格言は今にも伝わっている」

「そういえば、法隆寺の火災は実は放火だったのではないかと指摘されることもありました」

出火については、天災だというのが通説であるが、確証はなく詳しいことは明らかになっていない。

さらに法隆寺の金堂には本尊が二つあり、一つは焼失した法隆寺に安置されていた本尊だと考えられている。

火災の原因が、雷など不慮の事故だったとして、巨大な本尊の釈迦《しゃか》像をどうやって持ち出せたのかと、疑問を抱く学者は多い。

仮に法隆寺がわざと燃やされたとするならば、目的とは何だったのか。

「それがアルテミス神殿の逸話を再現するためだったとしたら？」

「つまり法隆寺の火災は、放火の模倣犯罪だったということですか」

そして彼方のアルテミス神殿と同様に、法隆寺は再建された。

「柱についても、膨らみはエンタシスを模倣。雲枡《くもます》型の肘木《ひじき》も、イオニア式の渦巻きを模倣していた――」

論馬は法隆寺を、そして傍らの石灯籠を見た。

かのアレキサンドリアの大灯台は構造として三つに分かれており、それぞれ下層部が四角柱、中層部が八角柱、上層部は細い円柱形になっていたとされる。

そして石灯籠もまた、塔（基部）・火袋・笠と大きく三つの構造に分解することができる。

灯籠は仏教と共に日本に伝来した。しかし、いつどこで発祥し、どんな経路で伝わったのかについては、正確な記録がなく、謎に包まれている。

――もし、時を同じくしてアレキサンドリアの大灯台の逸話が伝わっていたとしたら。

両者は同一のものとして、初めて日本の地を踏んだのではないのか。

灯籠、その名の由来がどこからきたのか、正確なことは分かっていない。

だがもしも、それがアレクサンドロスに因《ちな》んだものだったとしたら――。

世界七不思議は飛鳥奈良時代、既に日本に伝来しており、そのまま日本文化の原点に深く根を下ろしていたのかもしれない。

8

法隆寺を出た後、論馬は由布院に半ば強引に連れられ、近くにある老舗《しにせ》茶屋に入った。

由布院からは、ここは奢《おご》るからと気前の良い言葉を掛けてもらっている。これ幸いとばかりに、論馬は好物の宇治抹茶あんみつを口いっぱいに頬張っていた。

由布院は何も注文しないまま、時折、水を口に含むだけだった。

論馬が食後の珈琲を啜っていると、

「東京に帰ることにしたわ」

由布院は居住まいを正してそう告げた。

少し間を空けて、論馬は珈琲カップを置いた。

「そろそろかなとは思っていましたが」

「ええ。そしてきっと、ここにはもう戻ってこない。名残惜しいけどね」

論馬はじっと由布院の顔を見つめた。

彼女の毅然《きぜん》とした佇まいは出会ったときと何も変わっていない。台詞とは裏腹に、別れを惜しんでいるようにも見えなかった。

まるで、これが必然の帰結であると初めから悟っていたかのように。

「論文の目途は立ちましたか？」

「どうかしら」

遠回しに、自分は役に立てただろうかと尋ねたのだが、由布院は返事を濁した。

「何か見えたような気もするし、以前よりも目的地が遠のいたような感覚もするの」

「というと？」

「私が不結先生から引き継いだのは、東西交流史と富士山の関係、その調査についてだったわ。だけどもう、富士山だけの話では収まらなくなってきている」

「世界七不思議ですね」

やはり由布院も同じ結論に辿り着いていたようだ。

そこで論馬は自分に向けられている剣呑な眼光に気付いた。

「えっと、何か？」

「いつから分かっていたの？」

当ててみせようかしらと、由布院は挑むように言った。

「恐らく天金白山荘での調査で、フジの語源がギザの大ピラミッドに由来するかもしれないという結論に至ったときね。あなたはその瞬間に、この研究が世界七不思議に繋がる可能性があると察していたはず」

「さあ。どうしてそう思うんです」

論馬はしらを切ったが、この追及は避けられないなと内心諦めていた。

由布院の見識や真相に辿り着く能力を論馬は認めていた。だからこそ言い逃れはできないと理解できてしまう。これを信頼と呼ぶのはさすがに美化しすぎだろうが。

「鳥羽見石材店でのあなたの言動を見て、ほぼ確信が持てたわ」

「聞かせてください」

「私と論馬君、それに那綱ちゃんと鞠子ちゃんの四人でいたとき、あなたはマウソロス霊廟の話を持ち出したでしょう」

「それはお墓が話題に上がったからですよ。ほんの気まぐれでしたけど」

「そうね、もしマウソロス霊廟の話だけだったら、そこまで違和感はなかったかもしれない。だけど違った。誰にも訊かれていないのに、あなたはマウソロス霊廟と日光東照宮の関係性について自説を披露していた」

「……それは、確かにそうでしたね」

軽率だったなと論馬は歯嚙みする。

自分の考えに陶酔して浮かれていたのだろうか。そうだとしたら滑稽にもほどがある。

「富士山がピラミッドに由来するかもしれない、その仮説については天金白山荘での調査で浮かび上がってきたわ。そしてほぼ同時に、遥か昔に大陸から伝わった文化や文明が、まだ解明されていないかたちで日本に現存している可能性にも思い至っていた。だけどあの時点では、何が伝わり、何に姿を変えているかまでは推測できなかったはず」

「だけど不結論馬にはその正体が推測できていた、そう言いたいんですね？」

論馬は肩を竦めると、

「確かにマウソロス霊廟は世界七不思議のうちの一つですが、さっきも言ったように、ただの気まぐれ、思い付きだったかもしれない。それについてはどうです」

「妙な言動はほかにもあったわ。不審火騒ぎについて、警察でさえ見落としていた真相に、あなたはあっさりと辿り着くことができた」

「あれは運が良かっただけです。それに捜査の手から逃げおおせたと過信したのか、油断しきった南野さんが、言わなくてもいいことまでぺらぺらと喋《しゃべ》っていたことが大きかったですね」

「だとしても、石灯籠を発火装置に使ったなんて普通は思い付かないわ」

「発想力の問題では？」

「いいえ、発想というのはまったくの無から生まれるものじゃない。それまでの人生で培った経験則や、蓄えてきた知識が呼び水になり、それらが無意識に連鎖していくことでようやく形になる、そういうものよ」

「つまりこういうことですか」

論馬は腕を組むと、

「石材店での事件について、僕は犯人の正体よりも先に、犯行に石灯籠が使われた事実に気付いていたと？」

「ええ。さもなければ、事件前夜に最後まで現場に残っていたのが誰なのかを聞いただけで、犯人を特定することなんてできないわ。石灯籠を使って火を付ける、そんな仕掛けを咄嗟に思い浮かべることができたのは、似たような話に覚えがあったから」

「……アレキサンドリアの大灯台、ですね」

「さっきあなたはこう言っていたわね。『石灯籠の仕掛けが分かった瞬間に、アレキサンドリアの大灯台を想起した』と。でも本当は逆だった。灯台について調べ上げていたからこそ、トリックを見破ることができたんじゃないかしら」

「――さすがです」

論馬は気のない拍手を送った。対する由布院もまったく嬉しそうではない。

「天金白山荘で別れた後、あなたはほかの七不思議が日本に持ち込まれていた可能性について調査を進めていたのね。マウソロス霊廟の仮説もその過程で組み立てたんでしょ」

「うーん、そこまでばれてましたか」

苦笑いする論馬に、由布院は舌打ちする。

「ピラミッドだけじゃ世界七不思議という括りには至らない。最低でもあと一つ、七不思議が日本に伝わった仮説がないとね」

「なるほど。ピラミッドの一件を経て、僕と由布院さんは同じカードを配られたはずだった。にもかかわらず、僕だけがいち早く七不思議に辿り着けたのは、ピラミッド以外の七不思議のどれかについて既に何らかの予備知識があったから、そう推理したわけですか」

「そうよ。さあ、白状しなさい」

観念した論馬は、分かりましたと渋々頷いた。

「……これは僕が高校生だった頃の話です」

かつて岩手の鍾乳洞で体験した事件について、論馬は由布院に話して聞かせた。

——他人に喋るのはこれが初めてかもしれないな。

人の生死にまつわることだ。軽々しく吹聴《ふいちょう》して回るような真似はすまいと、あの日からずっと胸の奥に仕舞っていた。

それなのに、まさかこのような形で無理やり引き出されるとは夢にも思わなかった。

じっと耳を傾けていた由布院は、バビロンの空中庭園の名を聞いて得心したように頷いた。

「やっぱりね。そういう経験を前にもしていたわけか」

思い当たる節があるわ、と由布院は悔しそうに唸っている。

「天金白山荘のログハウスに踏み込んだとき、論馬君は血塗れの死体を前にしても平然としてたけど、ようやく理解できた。あなた、死体を見るのは初めてじゃなかったのね」

「そういう由布院さんだって平然としてたじゃないですか」

「私だってそれなりに修羅場は潜ってるわ。それに手の内を隠していたのはお互い様でしょ」

「別に隠すつもりはなかったんですがね。聞かれなかっただけで」

「あら、私に責任転嫁するつもり？」

由布院は笑顔のまま凄みを利かせてきた。この状況で彼女を茶化すのは得策ではないだろう。

「規則性を見出すのには少なくとも二つの証拠が必要になります。バビロンの空中庭園とギザの大ピラミッド、これらの建造物から世界七不思議を連想することは、さほど難しい話ではありません」

ましてや論馬の専攻は建築史学だ。気付かないはずもない。

——それにしても、あの僅かな言動だけでここまで見抜かれるとは……。

彼女を甘く見すぎていたのかもしれない。侮れない女だと、大学院の研究室で初めて出会った時から理解していたはずなのに。

「やっぱりあなたは怖い人だ」

「誉《ほ》め言葉として受け取っておくわ」

「僕からも一つ訊きたいことがあります」

論馬は由布院を見据えると、

「そもそも僕を問い詰める必要なんてあったんですか？　僕の過去について、わざわざ暴き立てずとも、あなたは確信に近いものを抱いていたはずです。これはただの事

「それもあるけど、本当の理由は別にあるわ」

「聞かせてもらえるんですよね」

論馬は念を押す。胸の内に秘めていた過去を、一方的に吐露させられたのだ。せめて事情を聞かないと納得できない。

「そんなに警戒しないでよ。私が知りたかったのは、伝わった七不思議が日本において何に置き変わっていたのか、それだけよ」

「えっと、以前の場合だと、バビロンの空中庭園が平泉の浄土式庭園に、ってことですよね」

「そうね。そしてあなたは、それが答えだという前提に沿って行動している」

「はあ」

論馬は首を捻る。彼女の言わんとしていることが分からなかった。

「浄土式庭園と空中庭園との間には、まだ直接的な因果関係は見つかっていないはずですが……」

「私が言っているのはもっと根本的な話よ。いえ、もしかしたら本当に自覚がないのかもしれないわね」

由布院は隣の椅子に置いていたバッグから、何枚かの用紙を取り出して、テーブルの上にばらまいた。

見てみると、どうやら文献資料に掲載されている世界七不思議の想像図、その写しのようだった。

バビロンの空中庭園、ギザの大ピラミッド、オリンピアのゼウス像、ロードス島の巨像、エフェソスのアルテミス神殿、ハリカルナッソスのマウソロス霊廟、そしてアレキサンドリアの大灯台。

「あの、これが何か？」

戸惑いを露《あら》わにして尋ねると、由布院は真剣な表情で答えた。

「大陸から伝わったのは、確かに世界七不思議という伝説だったかもしれない。そしてその伝説や逸話に感銘を受けた人たちが、彼ら彼女らの時代に、密かに日本文化に取り込んでいた可能性も否定できないと思う。だけどここからの考えについて、私と論馬君では絶対に相容れることはないでしょう」

「なぜ？」

「だって論馬君は、いえ」

由布院は深く息を吸ってから、

「論馬君たちはこう考えているはずよ。『かつて日本に伝わった世界七不思議は、今では世界遺産と名前を変えて存続している』と」

それを受けて、論馬は由布院の真意を悟った。

「……そうですか。由布院さんは違うんですね」

「ええ。残念だけど、私はその仮説には賛同できない」

由布院はそう断言した。

「論馬君のこれまでの発言を整理してみると、空中庭園は浄土式庭園、ピラミッドは富士山、そのほかにもマウソロス霊廟は日光東照宮、アルテミス神殿は法隆寺と、そのほとんどについて日本の世界遺産と結び付けていることが見て取れるわ」

「アレキサンドリアの大灯台は？」

「そうね。多分だけど、法隆寺西院にある石灯籠や、春日《かすが》大社《たいしゃ》の石灯籠を引き合いにするつもりじゃないかしら」

「ご明察です」

論馬は反論することもできない。

「由布院さんの読み通りですよ。僕は日本の世界遺産に、かつての世界七不思議の片《へん》鱗《りん》が眠っていると、そう推測しています」

「やっぱりね」

「てっきり由布院さんも同じ考えかと思っていましたが」

「私は」

僅かに言い淀《よど》んだ様子を見せながらも、

「やっぱり納得できない」

「……一応理由を聞いておきましょうか」

「だってそれが真実だとはどうしても思えないから。既に地球上から失われたはずの古代文明の脈流が日本に受け継がれ、奇跡的に存続している。その可能性は私も感じているけど、それが必ずしも世界遺産だとは限らない。確かに世界七不思議が世界遺産に姿を変えて生き残っているというのは、分かりやすいし、夢のある話だとは思う」

そうね、こういうのを『ロマン』って呼ぶのかもしれない、と由布院は微笑んだ。

「だけど私はロマン主義者じゃない、徹底した現実主義者なの。世界遺産に縛られることなく、あらゆる可能性を検討したい。だからこそ、あなたの隣には居られないし、居るべきじゃないと思う」

「本当にそうでしょうか」

論馬の口は勝手に否定の言葉を放っていた。

何をむきになっているのか、なぜここまで落ち着かない気分になるのか、論馬自身にもよく分からない。

「スタンスが違う二人だからこそ、お互いが気付けないことを指摘し合うことができる、補い合うことができるのではないでしょうか」

これまでもそうしてきたじゃないですか、という言葉を論馬は呑み込んだ。

由布院の目に悲哀の色が浮かんでいたからだった。

「そうね。もしかしたら上手くいくのかもしれない。だけど、いつか必ず決裂するときが来るわ。それが早いか遅いかってだけでね。それに」

と、由布院は論馬を指差した。

「あなたのお兄さん、不結秀一さんもきっとそう考えているはずよ」

「あ、兄貴が？」

「どうして先生がこの研究を私に預けたのか、今になってようやく理解できたの」

「えっ？」

呆然としている論馬に「そろそろ出ましょうか」と言って由布院は立ち上がった。

店を後にした二人は、法隆寺の玄関とも呼べる南大門《なんだいもん》まで戻ってきた。

杉並木の参道がまっすぐ延びている。その先がいつもよりも遠く感じられた。

由布院はこのままタクシーで奈良駅に向かい、そのまま東京に帰るそうだ。

停車中のタクシーはなかったが、待っていればそのうち観光客を乗せた車が来るだろう。

——あまり時間はないな。

今しか聞けないかもしれないと、論馬は口を開いた。

「さっきの話、兄貴の考えっていったい何なんですか」

「論馬君、あなたも不結先生から託されていたのよ」

由布院はポケットから電子タバコを取り出して口に咥《くわ》えた。

「あれ、紙煙草は止めたんですか？」

「石材店の一件で、火の不始末に不安を覚えてね」

これはこれで悪くないと、由布院は満足そうに息を吐いた。

「あなたは高校生の頃に不結先生からバビロンの空中庭園についての話を聞かされていた。先生の頭には、その時から世界七不思議が日本に伝わっていたという仮説があったに違いないわ。でも、いまだにそれは公になっていない」

「兄貴は研究を諦めたんでしょうか？」

「君が思っているような諦めとは少し違うと思う」

「はあ」

「不結先生はきっと取り憑《つ》かれてしまった、世界七不思議が世界遺産になったという考えにね。いいえ、考えなんて生温《なまぬる》いものじゃない。これはある種の呪縛《じゅばく》なのかもしれないわ」

「自分の仮説から抜け出せなくなったと？」

「よほど思い入れの強い研究だったんでしょうね。彼はとうとう持論を客観視できなくなってしまった。これしか答えはないと、自らほかの可能性を閉ざしてしまった。学者にとっては致命的だわ」

「だから由布院さんに引き継いだんですね」

「ええ。でも諦めきれなかった」

由布院は論馬と向かい合う。

「先生はいずれ自分がどうなるかを薄々察していたんだと思う。だから論馬君、あなたに仮説の一端を話して聞かせていたのよ。あなたならきっと理解してくれると、そう信じてね」

「そんな……」

論馬は言葉を失った。

「確かに兄貴から空中庭園のことを聞かされたときは興奮しましたし、それが本当だったら凄いとも思いました。だけど建築史学の道に進んだのは、あくまで僕の意思です。兄貴の研究のことなんて、これっぽっちも頭になかった」

「でも君はここにいるわ」と、由布院は笑った。

「論馬君はお兄さんと同じ道を歩んでる。それこそ君自身の意思でね」

「無茶苦茶だ。まったく別の道を進んでいたはずなのに」

「どうかしら。案外、運命って単純なものだったりするわよ」

由布院は電子タバコを服に仕舞うと、片手を上げた。タクシーが来たようだ。

「じゃあ、そろそろ本当にお別れね」

こういうとき何と言えばいいのか、気の利いた台詞も浮かばなかったので、

「お世話になりました」

とだけ口にする。

「……そうだ。兄貴によろしくとだけ伝えておいてください」

「ふっふっふ」

車の後席に乗り込んで、論馬を見上げていた由布院の目が悪戯な光を帯びる。

「その必要はないかもね」

「え？　それはどういう」

「すぐに分かるわよ」

じゃあね、と由布院が握手を求めてくる。

恐る恐るその手を握り返すと、乱雑に振られた後、ぱっと離された。

論馬の目の前でコートの裾がはためいた矢先、扉が閉ざされる。窓越しの由布院はもうこちらを見てはいなかった。

そのまま一度も振り返ることなく彼女は去っていく。

残された論馬は、車が見えなくなるまでずっと、木立を吹き抜ける冷たい風に身を任せていた。

行くべきところがあると、頭の中の声が告げている。

重なった道の、その先へ、

論馬は一歩を踏み出した。

エピローグ

由布院と別れた後、論馬は東大寺大仏殿で巨大な仏像を見上げていた。

天平文化はペルシアやインドに影響を受けた、国際色豊かな文化であるのと同時に、当時の遣唐使を通じ、唐と盛んに交易を行っていた過程で育まれたため、仏教文化としての側面も持っている。

この時代に建設された仏教建築の傑作が東大寺であり、大仏殿に鎮座する「東大寺《とうだいじ》盧舎那仏像《るしゃなぶつぞう》」だ。現存する大仏でも十四メートルを超える高さを誇るが、当時の大仏は、これをも凌駕《りょうが》する大きさであったという。

金箔に塗られ、黄金の輝きを放っていた当時の姿を思い描いていると、不意に後ろから声を掛けられた。

「ここにいたのか、論馬」

聞き覚えのある声にゆっくりと振り返る。

そこには、兄、不結秀一の姿があった。

「驚かないんだな」

「ああ」論馬は肩を竦めると、

「由布院さんから話は聞いているんだろう？」

「さっき電話で話したよ。大変だったそうじゃないか、いろいろと」

「わざわざ労《ねぎら》いに来てくれたのか」

「まさか」

「だろうな」

論馬は苦笑する。

「兄貴も相変わらずで安心したよ」

「その眼鏡、いつだったか私があげたものだろう。まだ使っているとは思わなかった」

「似合ってるだろ」

「いいや全然」

秀一は気難しい顔のままだったが、僅かに口の端を緩ませていた。

「盧舎那仏か、懐かしいな」

　目を細めながら秀一が言った。

「時の天皇であった聖武《しょうむ》天皇がシルクロードを伝ってきた西方の宝物を歓迎していたことは有名な話だ。聖武天皇の死後、生前に愛用していた六百点を超える品々は、双《ならび》倉《くら》という大きな倉の中に献納され、これが正倉院の始まりとなった」

　十九世紀のドイツ地理学者リヒトホーフェンは著書『中国』の中で、中国と西トルキスタン・西インドとの絹貿易を取り結んだ、中央アジアに跨《また》る交易路を「ザイデンシュトラーセン（絹の道）」と名付けている。

　今では英訳された「シルクロード」という呼び名の方が有名だろう。

　シルクロードは紀元前二世紀から一世紀にかけて形作られ、十数世紀の長きに亘り東西交流の道として、貿易・宗教・学問などの発展に多大な影響をもたらしてきた。

　そして東アジアの果てに位置する日本は、シルクロードの終着点として見なされることもある。

「特に八世紀の奈良時代、平城京を中心として花開いた天平文化はシルクロードとの関わりが深いとされているな」

当時の唐の都、長安には西方からソグド人を始めとする西域系胡人《こじん》も交易に訪れており、八世紀初頭から半ばにかけての中国本土では「胡服・胡食・胡楽」などと称されるペルシア調の芸術文化が流行していた。

日本に持ち込まれた工芸品も、白瑠璃碗《はくるりのわん》に代表されるガラス器のほか、パルティアンショット、樹下美人図《じゅかびじんず》、葡萄唐草文《ぶどうからくさもん》など、ササン朝ペルシアに由来するものも数多く存在した。

「大仏の建立は、仏教による国家の安泰と繁栄を願う鎮護国家の思想に基づいたものだった。しかし私はこう考えている。中国やインドにも勝る大伽藍を建設することで国家の威信を世界に示す目的もあったのではないか、と」

——そうなのかもしれない。

論馬はようやく秀一の意図に追い付けたような気がした。

遥々シルクロードを越えて日本に伝わった西域の文化、七つの景観の存在が聖武天皇の耳に届いていたとしたら、生粋のオリエント贔屓であった天皇が、その心を震わせなかったはずがない。

——七不思議に数えられる「オリンピアのゼウス像」と「ロードス島の巨像」、これら二つの巨像に感銘を受けたことが、大仏造立を大願した真のきっかけであったとしたら。

かつての盧舎那仏像は、オリンピアのゼウス像のように黄金に輝いていた。

そして盧舎那は太陽を意味する「毘《び》盧舎那」とも呼ばれ、ロードス島の巨像もまたギリシア神話における太陽神とされている。

地中海世界に聳えていた二つの幻像は、遥か異国の地で一つに溶けあい、人知れず脈流は受け継がれていた。

バビロンの空中庭園は、平泉の浄土式庭園へと姿を変え、

ギザの大ピラミッドは、富士山の語源となり、

オリンピアのゼウス像とロードス島の巨像は、盧舎那仏像として生まれ変わった。

エフェソスのアルテミス神殿の再現が法隆寺西院であり、

ハリカルナッソスのマウソロス霊廟は、日光東照宮によって再現された。

そしてアレキサンドリアの大灯台は、石灯籠となって法隆寺や春日大社などの各地の寺社に置かれている。

七つの景観は時代を超えて、シルクロードの最果ての国で奇跡的にも甦り、今もなお歴史を紡いでいる。

「――じゃあ俺は行くよ」

「そうか」

二人はそのまますれ違う。

少し歩いたところで、秀一に呼び止められた。

「由布院君が言っていたぞ」

論馬の足が止まる。

「『どっちが先に真実に辿り着けるか、競争ね』、だと」

「……由布院さんらしいな」

向こうは随分と対抗心を燃やしているらしい。

――とか言いつつ、どこかであっさり再会するような気もするが……。

ほかでもない彼女が言っていたことだ。運命など案外単純なものだと。

その時、敵か味方かは分からないが、できれば味方であってほしいというのが論馬の正直な想いだった。

「なあ論馬、もう一つだけ訊いてもいいか」

「何？」

いつかのやり取りとは真逆だなと気付き、少しだけおかしくなる。

「証明できるのか？」

どうかな、とは言わない。

その代わりに、論馬は肩越しに振り返って片手を挙げてみせた。

ほんの一瞬、秀一の目が驚いたように見開かれたが、すぐにいつもの仏頂面に戻る。

そんな僅かな表情の変化だけでも、今の論馬にとっては十分だった。

世界七不思議は世界遺産になって存続している――。

由布院は呪縛という言葉を使っていたが、論馬はそれとは異なる捉え方をしていた。

名付けるとすれば、これは願望だ。

そうであってほしいと願う気持ちが、今の論馬を突き動かす原動力となっている。

呪縛とは心が囚われることだが、願いは心に抱くもの。

自分が秀一の跡を継いだことで、彼はようやく呪縛から解放されたのではないかと、論馬は思った。

決して呪縛の鎖を肩代わりさせられたのではない。

もっと自由に、もっと先へ進めるように。

願いを託されたのだ。


大仏殿を後にし、境内から晴れた空を仰ぐ。


芸術への憧憬や陶酔は、時として人を惑わせ、道を違えさせることもある。

それでも人が歩みを止めないのは、そこが終わりではないと知っているからだ。

すべての創造物は時間と共にいつかは朽ち果て、跡形もなく消え失せる定めにある。

それでも誰かの心に残り続ける限り、時間や場所を超えて受け継がれていく。

そして今を伝えられるのは、今を生きる人間だけにしかできないことだ。

人混みに向かって歩き出した論馬の頬を、どこか懐かしいオリエントの風が掠めて去っていった。

《参考文献》

『日本建築史序説　増強第三版』（彰国社）太田博太郎
『日本都市史・建築史事典』（丸善出版）都市史学会
『人類と建築の歴史』（ちくまプリマー新書）藤森照信
『建築から見た日本古代史』（ちくま新書）武澤秀一
『建築学の基礎3　西洋建築史』（共立出版）桐敷真次郎
『建築学の基礎6　日本建築史』（共立出版）後藤治
『現代語　古事記』（学研プラス）竹田恒泰
『古事記及び日本書紀の研究　新書版　建国の事情と万世一系の思想』（毎日ワンズ）津田左右吉
『全現代語訳　日本書紀（上・下）』（講談社学術文庫）宇治谷孟
『世界の七不思議　現代に生きる幻想の起源』（河出書房新社）ジョン・ローマー／エリザベス・ローマー著　安原和見訳
『図説　世界の七不思議』（東京書籍）ラッセル・アッシュ著　吉岡晶子訳
『図説　平泉　浄土をめざしたみちのくの都』（河出書房新社）大矢邦宣
『建築家・吉田鉄郎の『日本の庭園』』（鹿島出版会）吉田鉄郎
『図解　庭師が読みとく作庭記・山水并野形図』（学芸出版社）小埜雅章
『ギザの大ピラミッド　5000年の謎を解く』（創元社）ジャン＝ピエール・コルテジアーニ著

山田美明訳
『富士山文化　その信仰遺跡を歩く』（祥伝社新書）竹谷靱負
『知られざる富士山　秘話　逸話　不思議な話』（山と溪谷社）上村信太郎
『しずおかの文化新書15　富士山の祭りと伝説　その知られざる起源に迫る』（公益財団法人静岡県文化財団）大嶋善孝／八木洋行
『竹取物語の作者・空海が「かぐや姫」に隠し込んだこの国の巨大秘密』（ヒカルランド）小泉芳孝
『法隆寺の謎を解く』（ちくま新書）武澤秀一
『東大寺のなりたち』（岩波新書）森本公誠
『陽明門を読み解く』編集・発行　日光東照宮
『日本の石燈籠（縮刷版）』（理工学社）近藤豊監修　福地謙四郎著
『若い人に語る奈良時代の歴史』（吉川弘文館）寺崎保広
『日本古代の歴史2　飛鳥と古代国家』（吉川弘文館）篠川賢
『日本古代の歴史3　奈良の都と天平文化』（吉川弘文館）西宮秀紀
『古代日本の東アジア交流史』（勉誠出版）鈴木靖民
『興亡の世界史　アレクサンドロスの征服と神話』（講談社学術文庫）森谷公俊
※その他、新聞、論文、雑誌、インターネット上の記事を参考にさせていただきました。

本書は、二〇二〇年十月に小社より単行本として刊行した『建築史探偵の事件簿　新説・世界七不思議』を加筆修正し、文庫化したものです。

この物語はフィクションです。作中に同一の名称があった場合でも、実在する人物・団体等とは一切関係ありません。

〈解説〉

失われたはずの世界七不思議を、読み手の好奇心や願望に重ねて甦らせる作品

宇田川拓也（ときわ書房本店）

筆致は軽やか、策は大胆不敵、芯に息づく本格ミステリー魂《スピリット》に好感。

第十六回『このミステリーがすごい！』大賞にて「大賞」を射止めた蒼井碧『オーパーツ死を招く至宝』は、そう評したくなるエンタメ度の高いじつに愉《たの》しいデビュー作であった。

当時の技術や知識レベルでは到底生み出すことができないはずの謎めいた古代の工芸品、いわゆるオーパーツ。それらが絡んだ事件を、外見がそっくりな貧乏学生とオーパーツ鑑定士の若者コンビが解き明かしていく内容で、小説家屈指の読み巧者である宮部みゆきからも読売新聞紙上にて「不可解な謎と鮮やかな解決。その二つを結びつける論理のアクロバット。ここに謎の素《もと》となる題材の面白さが加わって、上質の知的娯楽ミステリー」作品になっていると称賛を受けている。

本書『遺跡探偵・不結論馬の証明　世界七不思議は甦る』は、そんな新鋭による受賞後第一作を改題・文庫化したもので、冒頭で述べた魅力を引き継いだ、これまた知的な愉しさにあふれた作品になっている。

世界七不思議とは「七つの驚異的な景観」とも称され、ギザの大ピラミッド、バビロンの空中庭園、エフェソスのアルテミス神殿、オリンピアのゼウス像、ハリカルナッソスのマウソロス霊廟《れいびょう》、ロードス島の巨像、アレキサンドリアの大灯台――一般的には以上七つの建造物を指している。〝不思議〟という語感からか、バビロンの空中庭園を筆頭にオーパーツのごとく超古代文明によって作り出されたものと捉える向きもあるようだが、ついそのような幻想ロマンを抱いてしまう気持ちもわからなくはない。広大な歴史に目を向け、心のどこかで「こうだったら面白いのに」と想像を巡らせてしまうことはきっと誰にでもあるはずで、本書はそうした好奇心や願望を重ねるに打って付けといえる。

物語は三つのエピソードとエピローグからなる連作形式になっており、第一章では主人公である不結論馬《ふゆいろんま》の高校時代の出来事が描かれる。旅先で足を向けた岩手県の鍾乳洞《しょうにゅうどう》「巌竜洞《がんりゅうどう》」。平安期、戦で追い詰められた奥州藤原勢の兵がここで自らの首を切り落として果てて以来、首のない鎧《よろい》姿の男が出るといういわくつきのこの場所で、論馬は義理の兄であり東京の大学で東洋史を教える秀一《しゅういち》と奇妙な首なし死体事件に遭遇する。

事件は秀一の推理によって解決。論馬は真相が目の前にあったにもかかわらず見抜けなかったことに肩を落とすが、その東北からの帰路、秀一から先入観が邪魔をして見えているものも見えなくなってしまう例え話として、奥州平泉《ひらいずみ》にある浄土式庭園の起源が古代都市バビロンの空中庭園にあったとしたら――という驚きの説を聞かされることになる。

この蘊蓄《うんちく》と新説がめっぽう面白い。歴史データをつぎつぎと繰り出しながら、とてもつながるとは思えない点と点を結び付け、壮大なストーリーを浮かび上がらせる語りは、高木《たかぎ》彬《あき》光《みつ》『成吉思汗《ジンギスカン》の秘密』、井沢元彦《いざわもとひこ》『猿丸幻視行』、鯨統一郎《くじらとういちろう》『邪馬台国はどこですか』、高田《たかだ》崇史《たかふみ》〈ＱＥＤ〉シリーズといった歴史推理ものに連なる令和の収穫といっても過言ではない。不可解な事件を解き明かしつつ世界七不思議と日本の景観をつなげる新説が披露されるこの流れが、三つのエピソードの定型となっているのだ。

続く第二章では、巌竜洞事件から九年後、大学院で建築史を研究する学生となった論馬のもとに秀一と同じ研究室に所属する由布院《ゆふいん》蘆花《ろか》なる准教授が現れる。ウルフカットにアレンジされた茶髪と何にでも嚙《か》み付きそうな言動の〝狼女〟は、富士山が担っている歴史的な役割を研究しているのだという。論馬は彼女の依頼で、富士《ふじ》河口湖《かわぐちこ》町で山荘を経営しながら富士山にまつわる山岳信仰を研究している知り合いの元登山家を紹介することに。ところが連絡を取ってみると、その人物は一か月前に事故で亡くなっており、さらに山荘に向かった論馬と蘆花は、富士山とギザの大ピラミッドの接点を知り、そして死体の山に出くわすことに……。

新説と凄惨《せいさん》な事件が〝山〟によって重なり、さらに事件の真相の先で、なぜ青木《あおき》ヶ《が》原《はら》樹海には自殺者が集まるのか――についてのひとつの見解を示してみせる、三つのエピソードのなかでもとくに構成が光る一編である。

第三章は奈良県の実家に帰省した論馬が、高校生の妹――那綱《なづな》の頼みで石材店の娘である友人の深刻な相談事を引き受けることに（そしてそこには、なぜか由布院蘆花の姿も⁉）。

資材置き場一棟が燃える火災は従業員の誰かの仕業なのかを調べるなかで、石灯籠に着目した論馬が導き出したまさかの仕掛けと新説、そして論馬がこの謎を解けた理由を経て続く展開が読みどころとなっている。

さて、本編を未読で先にこの解説から目を通されている方のなかには、七つの建造物の新説を披露するなら三章では足りないのではないか？　続刊があるのか？　と疑問が浮かんだかもしれない。実は筆者も初読時には「このペースなら二～三部作くらいで七つに触れていく感じか」などと予想しながら読み進めていったのだが、エピローグでは七つすべてに（一応の）答えが出ているから目を疑ってしまった。いささかもったいない気もしてしまうが、アイデアの出し惜しみをせず、膨らませるよりも研ぎ澄ませる方を選んだ著者の意欲を買いたい。もっとも、滅びた文明の名残《なごり》と認識されている七つの景観を、いまなお息づき歴史を紡ぐものとして甦らせる試みが、受け取った読み手の好奇心や願望によって育まれ完成するのだとしたら、この描かれなかった余白はロマンと想像の翼を大きく広げるために用意された著者なりの気遣いと心得ることもできるだろう。

オーパーツ、世界七不思議、そしてつぎはどのような題材で、知的で手の込んだ愉しいミステリーを生み出してくれるのか。蒼井碧のこれからに期待が募る。

二〇二一年十月

宝島社
文庫

遺跡探偵・不結論馬の証明
世界七不思議は甦る
(いせきたんてい・ふゆいろんまのしょうめい　せかいななふしぎはよみがえる)

2021年11月19日　第1刷発行

著　者　蒼井 碧
発行人　蓮見清一
発行所　株式会社 宝島社
〒102-8388　東京都千代田区一番町25番地
電話：営業 03(3234)4621／編集 03(3239)0599
https://tkj.jp
印刷・製本　中央精版印刷株式会社

Printed in Japan
First published 2021 by Takarajimasha, Inc.
ISBN 978-4-299-02205-9

『このミステリーがすごい!』大賞 シリーズ

宝島社文庫

袋小路くんは今日もクローズドサークルにいる

日部《ひべ》星花《せいか》

扉も窓も開かず、破ることすらできない。携帯電話は圏外で、固定電話もなぜか繋がらない——事件現場に立ち入ると、その空間を強制的に〝クローズドサークル〟にしてしまう呪いを持った高校生・袋小路鍵人。解除するには、事件の真相を究明しなければならず……。

定価 770円(税込)